Paolo Di Paolo

FAST NUR EINE LIEBESGESCHICHTE

Paolo Di Paolo

FAST NUR EINE LIEBES GESCHICHTE

Aus dem Italienischen von
Christiane Burkhardt

NONSOLO

Fast nur eine Liebesgeschichte

Erste Auflage, Dezember 2019

Titel der italienischen Originalausgabe:
Una storia quasi solo d'amore

Published by arrangement with The Italian Literary Agency
First published in Italy by Giangiacomo Feltrinelli Editore

Lektorat: Irene Pacini
Satz und Layout: Andrea Wöhr
Druck und Verarbeitung: CPI buch bücher.de GmbH, Birkach

Questo libro è stato tradotto anche grazie a un contributo per la traduzione assegnato dal Ministero degli Affari Esteri e della Cooperazione Internazionale italiano.
Die Übersetzung dieses Buches kam auch dank einer Förderung des Italienischen Ministeriums für auswärtige Angelegenheiten und internationale Zusammenarbeit zustande.

Printed in Germany
ISBN 978-3-947767-02-1

In jede Kindheit ragten damals noch die Tanten …
Wie Feen, die ein ganzes Tal durchwirken, ohne
noch je darein hinabzusteigen.

Walter Benjamin

Ihr wart wunderbar. Vor allem gegen Abend, vollkommen erschöpft vom letzten Versuch, dieselbe Dialogzeile zu wiederholen. „Legt Wut hinein“, sagte ich, „mehr Wut“. Erst da holtet ihr sie von dort hervor, wo sie herkommen muss, aus tiefstem Innern, von einem dunklen Ort zwischen Leber und Magen, der nichts mehr mit Schauspielerei zu tun hat, aber dafür umso mehr mit euch, mit jedem Einzelnen, mit Tagen, an denen alles schiefläuft, mit Erniedrigungen, den Eltern, dem Freund oder der Freundin, den vielen Arschlöchern generell. Also mit eurem Leben: Auf einmal brach sie aus euch hervor – heiser oder schrill, von ganz unten – genauso wie es sein soll. Sogar aus denjenigen, die immer alles falsch machten, die nie als Schauspieler arbeiten würden – was eindeutig für die meisten von euch galt.

Das Wunderbare an euch waren die Anstrengung und die naiven Träume, eure nassgeschwitzten Rücken, ja der Schweiß selbst, der verdunstete und diesen Raum in etwas so Intimes wie eine Umkleide verwandelte – genau das, was ich von Anfang an bezweckt hatte. Vergangenheit und Zukunft waren für euch unbegründete Behauptungen, so fehl am Platz wie gewisse überfürsorgliche Mütter, die draußen auf euch warteten. Solche, die noch bevor sie den Motor anlassen, fragen, wie die Proben gelaufen sind. In dem ignoranten Tonfall, mit dem man sich nach irgendeiner Prüfung erkundigt. Das waren Theaterproben zwar auch, aber eben nicht nur. Es galt, sich auszuprobieren. Andere Lebensentwürfe auszutesten, hätte ich gern gesagt. Wie lächerlich der Eifer doch war, mit dem ich unterrichtete! Aber immerhin eine Möglichkeit, Gewohnheiten abzulegen und kindlicher oder erwachsener zu werden, auf jeden Fall anders: Und genau das geschah auch, wenn ihr euch auf das konzentriertet, was euch in der Schule bloß ein Gähnen entlockt hätte – auf ein Gedicht von Prévert, auf die *Antigone* von Sophokles. Wenn der Körper nicht mehr nur euch zu gehören schien, sich austobte und buchstäblich entfesselt war, sodass ihr ihn vergaßt: Lang gezogene Seufzer, Schluchzer und Stöhnlaute, Sprünge und Umarmungen waren die Folge. Manchmal war das sogar richtig erregend, immer wurde geweint und gelacht. Erst leise wie unterdrückt, fast unwirklich. Dann lauter, ohne damit aufhören zu können, eine regelrechte Partitur aus Ahs, Ohs und Uhs, die fröhlich begann und verzweifelt erstarb, um euch auf dem Stuhl in der Bühnenmitte zurückzulassen – das Innerste nach außen gekehrt.

Wenn jemand von euch wegblieb, dann aus Angst und weniger aufgrund von fehlendem Durchhaltevermögen. „Erica, du warst die letzten beiden Dienstage nicht da", rügte ich sie. „Ja, entschuldigen Sie." – „Du kannst mich ruhig duzen." – „Ja, entschuldige, Grazia. Es ist nur so, dass ..." – „Liegt es an den Prüfungen? Musst du für die Prüfungen lernen?" – „Ja, für die Prüfungen." – „Interessierst du dich nicht mehr fürs Theaterspielen?" – „Doch, doch." Erica tauchte noch ein paar Mal auf, dann gar nicht mehr. Ich war schon drauf und dran, ihr eine SMS zu schicken, bat euch dann darum, und sie reagierte ausweichend. Nino meinte, etwas habe sie verstört. „Und was bitteschön?" – „Die Szene, in der sie mich küssen musste." Allgemeines Gelächter. „So verstörend ist es nun auch wieder nicht, dich zu küssen", meinte Chiara, und Massimo: „Nino, musst du immer so albern sein?"

Es stimmt, Nino war der Allersympathischste von euch, alberte aber auch ständig rum. Doch diesmal blieb er ernst. „Ich hab gespürt, wie sie zittert", sagte er. „Ich hab ihr die Hand auf die Hüfte gelegt, und da hab ich's gespürt. Sie hat die Lippen zusammengepresst. Und dann, keine Ahnung, hat sie irgendwie traurig gewirkt. Als wollte sie nur noch weg. Vielleicht sollte man ..." –

„Vielleicht sollte man was?", fragte ich. „Vielleicht sollte man die Leute zu nichts zwingen", erwiderte er.

Da sind wir zum ersten Mal aneinandergeraten. „Ich habe nicht das Gefühl, hier irgendwen zu was zu zwingen: Hier geht es ums Theaterspielen und um sonst gar nichts. Angenommen wir wären in einem Schwimmbad, und ich würde euch bitten, fünfzehn Bahnen Rücken zu schwimmen – würdet ihr euch dann auch zu was gezwungen fühlen?" Er sagte nichts darauf, und ich sprach weiter. „Statt Bahnen im Schwimmbad zu ziehen oder Situps zu machen, beschäftigen wir uns hier mit anderen Übungen. Wer darauf keine Lust hat, kann gerne gehen. Und dir, Nino, sei Folgendes gesagt: Niemand hier muss von dir gerettet werden."

Manchmal kam es vor, dass jemand verärgert von einem missglückten Vorsprechen zurückkam. „Ich hab alles genauso gemacht, wie du's mir gesagt hast", hieß es dann. „Aber es hat nichts gebracht, ich bin nicht genommen worden." – „Versuch, es mir noch mal genauso vorzuspielen wie der Jury", kitzelte ich seinen Ehrgeiz statt zu sagen: „Du bist nicht begabt." Doch da baute er sich schon auf, selten konzentriert, und begann mit dem zweiten Akt, wenn Macbeth mit seinem Dolch spricht: *„Ich fass dich nicht, und doch seh ich dich immer"* – tat in dem Moment wirklich so, als würde er ihn ziehen, fuchtelte sich damit vor dem Gesicht herum und sagte: *„Oder bist du nur ein Dolch der Einbildung, ein nichtig Blendwerk?"* Ganz in seinem Element, aber unbeholfen. Monatelanges Sprechtraining hatte nicht genügt, ihm das Lispeln auszutreiben, wenn er sagte: *„Ich theh dich noch."* Ich gebot ihm Einhalt: „Das genügt, fürs nächste Mal bereitest du einen anderen Monolog vor." Er schaute mich wutentbrannt an. Daran, wie er sich die Hände an der Hose abwischte, merkte ich, dass er aufgeben würde.

Vor allem um eure Sommer beneidete ich euch. Ihr fiebertet dem Juni entgegen wie einem Versprechen, ohne die Zukunft im Nacken zu haben und ohne mir – durch eine Geste, ein begeistertes Dankeschön – zu verstehen zu geben, ob ihr überhaupt wiederkommen würdet und wenn ja wie. Ich war mir so gut wie sicher, dass zwei oder drei aus eurer Gruppe den Kurs fortsetzen würden, aber ich stellte keine Fragen: Ich wartete. Wenn ich eines Besseren belehrt wurde, suchte ich nach Gründen für dieses Fernbleiben: Was war schiefgelaufen? War ich das Problem? Wo hatte ich einen Fehler gemacht? Es ist komisch, manchmal auch schmerzhaft, dass derjenige, der unterrichtet, am Ende eher sich selbst als seine Schüler benotet und bei der schwierigsten Prüfung feststellt, ganz allein angetreten zu sein. Es bleibt jedenfalls absurd, sich einzubilden, alle begeistern, verführen und umgarnen zu können. Denn in letzter Konsequenz würde das fast schon darauf hinauslaufen, sie hörig zu machen.

Nach der letzten Stunde – der Sommer rückte mit dem unverschämten Licht der ersten schulfreien Tage auf Rom vor – verdüsterte sich meine Stimmung, ich schaute zurück und grübelte. Am liebsten hätte ich jedem von euch geschrieben (und manchmal habe ich es sogar getan), um euch nach euren Eindrücken, Einschätzungen, Plänen zu fragen. Doch in Wahrheit gab es nichts, was mein Bedürfnis nach Bestätigung hätte befriedigen können. Da hätte ich euch schon um Feedback zu konkreten Nachmittagen bitten müssen, an die ihr euch bestimmt nicht mehr zurückerinnern würdet. Weißt du noch, Mannelli, als ich euch im Kreis rennen ließ, mit geschlossenen Augen, vier oder fünf Minuten lang? Du hast deine abrupt aufgerissen, genau in dem Moment, als du an mir vorbeikamst. Ich wusste nicht, wie ich diesen Blick interpretieren soll, was hatte das zu bedeuten?

Weißt du noch, Galieti, als ich gebrüllt habe, dass du einen Scheiß kapierst? Meine Wut war übertrieben, so theatralisch, dass es mich selbst angewidert hat. Entschuldige bitte.

Und weißt du noch, Di Mauro, als ich euch bat, euch vorzustellen, ihr stündet vor der Haustür eurer Kindheit? „Ich hab keine Lust, mich daran zurückzuerinnern", hast du gesagt. Und daraufhin ich: „Du musst aber." – „Frag jemand anders", hast du erwidert und ich: „Ich hab aber dich gefragt." Tut mir leid.

Oft habe ich euch gebeten, Träume nachzuspielen. Im Stehen, mitten im Raum. Mit Hilfe von Gesten solltet ihr die jeweilige Szenerie heraufbeschwören, die Gegenstände aus diesem Traum. „Wird das eine Psychoanalysesitzung?", wollte Nino wissen. „Ja", erwiderte ich. So lernte ich euch kennen – auch durch das, was euch nachts beschäftigte, allerdings ohne zu wissen, ob ihr die Wahrheit sagt. Ohne es deuten zu können.

Es kommt vor, dass ich euch ausgerechnet beim quälenden Versuch, das Unsichtbare sichtbar zu machen, wieder vor mir sehe, wie ihr mir fuchtelnd etwas vorspielt, die Scherben einer Welt ohne jede Logik zu einem großen Ganzen zusammenfügt.

Einmal hatte Nino im Unterricht von einem wiederkehrenden Kartoffeltraum erzählt. „Was ist das für ein Traum?“, fragte ich. Er habe irgendwelche Kartoffeln vergessen gehabt, erklärte er, in einem Korb unter der Spüle: Aus der verschrumpelten Schale (die etwas Morbides hatte, wie menschliche Falten), waren pflanzliche Fühler hervorgesprossen, blauviolett und verzweigt. „Ich hab geträumt, dass die Wasserleitungen“ – er malte sie in die Luft – „von diesen Luftwurzeln, die sich mit keinem Messer entfernen ließen, vollkommen überwuchert waren. Ich bin jedes Mal mit der Angst aufgewacht, das wochenlang aufgeschobene Putzen an einem einzigen Vormittag nachholen zu müssen.“ Er schaffte es während des Spielens, Spuren dieser Angst in seine Mimik zu legen – einer Angst, die unter seiner neuen Adresse in der Longfield Street Nummer 75, ganze vier Gehminuten von der Haltestelle Southfields entfernt, aus der REM-Phase bis in die Realität vorgedrungen war.

Damals tropfte London aus schmutzigen Badezimmerarmaturen und materialisierte sich in Frittiergestank, der sich bei Sonnenuntergang erhob und das ganze Viertel in klebriges Fett tauchte. Ich sehe es genau vor mir. Die ein oder andere Ratte huschte an den Hinterhofmauern entlang wie in einem Dickens-Roman. Nino trat auf den Westbourne Grove hinaus, ohne den Putzlappen auch nur in die Hand genommen zu haben: dafür mit Worten im Kopf, die er sich für die junge Frau in der Eisdiele zurechtgelegt hatte. „Ja“, würde er ihr gleich sagen, „ich gehe nach Rom zurück, es gibt keinen besonderen Grund dafür, also bitte frag mich nicht danach.“ – „Ja“, sagte er stattdessen, „ich gehe nach Rom zurück, ich hab die Möglichkeit, einen Schauspielkurs zu machen.“ – „Noch einen?“ – „Du hast mich falsch verstanden“, herrschte er sie an, „diesmal bin ich der Lehrer.“

Während sie Dharsini vom Laden an der Ecke das übliche Pistazieneis in die Waffel drückte und sich bemühte, diese dabei nicht zu zerbröseln, fiel ihm ein Lied wieder ein. Vor ein paar Monaten – nachdem er schlechten Sex mit einer achtzehnjährigen

Belgierin voller Sommersprossen gehabt hatte (ein Detail, das bereits genügte, um erneut Begehren in ihm zu wecken) – war er am Transport Museum vorbeigekommen. Ein Straßenmusiker mit Gitarre und Mundharmonika hatte eine kleine Menge um sich geschart, und sein Song hatte ihm das Herz schwer werden lassen. Weil er gerade das Mädchen aus der Eisdiele betrogen hatte? Dabei hatte er das gar nicht gewollt, hätte es keine zehn Minuten später am liebsten wieder ungeschehen gemacht.

„Jetzt behaupte nicht, ich hätte dich nicht gewarnt. Ich hab dir gleich gesagt, dass London nichts als Zeitverschwendung ist." Genau das hatte ich ihm gesagt, und außerdem: „Bitte, Nino, sieh zu, dass du aus dieser Chance was machst. Du warst Monate weg, um was genau zu tun? Um das Maskottchen eines griechischen Restaurants zu spielen, mit Fustanella, weißen Strumpfhosen und allem drum und dran. Monate, die du damit verplempert hast, Speisekarten an Passanten zu verteilen."

Lachhaft und stolz zugleich behauptete er frühabends, Panagiotis zu heißen: solange, bis er auf einen Italiener oder besser noch auf eine Italienerin stieß, möglichst auf eine junge, hübsche, die bereit war, ihm auf eine Zigarettenlänge Gesellschaft zu leisten. Da lief er zur Hochform auf mit seinem unwiderstehlichen Lächeln, da ging es los mit seinem üblichen Repertoire: römischer Akzent, flotte Sprüche und schließlich der Tipp hinter vorgehaltener Hand, lieber in die italienische Trattoria, dreihundert Meter weiter am Queensway, statt zu dem Scheißgriechen zu gehen. Dann das Gelächter unter Fremden, die innerhalb weniger Minuten zu Freunden wurden: wie die zwei fetten Typen aus Bergamo, bei denen er unter anderen Umständen nicht gewusst hätte, worüber er reden soll. Aber dank der gemeinsamen Muttersprache war man sofort auf einer Wellenlänge – „Scheißteuer dieses London, oder?"

Andererseits hatte er nie richtig aufgehört, den Clown zu spielen: Im Grunde war er immer noch derselbe, der in der dritten Klasse laut zirpend auf und ab gehüpft war, wenn der Religionslehrer namens Grilletto das Klassenzimmer betreten hatte. Der auf dem Gymnasium bei einem Klassenausflug nach Sirmione zwei Mitschülerinnen den nackten Hintern ins Gesicht gestreckt hatte – ein Riesenskandal! – und Pacetti Flüche ins Ohr geflüstert hatte, nur um ihn zum Lachen zu bringen. Seine gute Laune konnte so schnell niemand kaputtmachen, nur Leute, die sich weigerten, Spaß zu haben. Wer nicht mitmachte beim allgemeinen Herumalbern, war ihm verhasst. Einmal hatte er es sogar geschafft, mit einer Artischocke in der Hand durch die Altstadt von Verona zu laufen, sie Passanten unter die Nase zu halten und sie aufzufordern, sich zur Außenpolitik zu äußern. Die Umstehenden lachten, und er war zufrieden. Das liebte er: andere zum Lachen zu bringen. Deshalb hatte er sich auch für den Schauspielkurs eingeschrieben, wenn auch ohne hohe Erwartungen: mit der dreisten Überheblichkeit von jemandem, der zeigen will, dass er schon alles kann und der bloß gekommen ist, um einen auf die Probe zu stellen.

Die ersten Übungen, um die ich sie bat – mit den Armen Kreise in die Luft malen, auf und ab hüpfen, den Kopf hin und her pendeln lassen, die Finger in der Luft bewegen, als spielte man auf einer unsichtbaren Tastatur –, absolvierte er ausnahmslos mit einem unerträglichen Grinsen. Als ich erklärte, dass sie mal mit der Fußstellung experimentieren sollten, um *die widersprüchlichen Facetten der Schauspielerpersönlichkeit zu erkunden* – Hände an die Oberschenkel und die Füße dann nach innen oder nach außen drehen –, konnte sich Nino nicht länger beherrschen. Sein lautloses Glucksen steckte die ganze Gruppe an. Die Bravsten suchten meinen Blick – schau mich an, Grazia, schau mich an verdammt noch mal! –, um mir zu zeigen, dass sie ernst blieben. Sie schon! Manuel hielt unaufgefordert eine Standpauke. „Wenn sie nach innen zeigen, hat das eine Bedeutung, hörst du mir zu, Nino? Und wenn sie nach außen zeigen, eine andere“, leierte er in seinem Singsang herunter, wobei er das S auf südamerikanische Art und Weise aussprach: „Die Füße eines Schauspielers müssen wissen, was sie tun.“ Woher hatte er das bloß?

„Genug geredet, jetzt hüpft auf der Stelle. Wenn ich *Halt* sage, bleibt ihr sofort stehen.“ Sie ins Schwitzen zu bringen, dazu sich auszutoben, nahm ihnen jede Verklemmtheit. Ich schaute Nino an – „Nein, höher, ihr müsst höher springen!“ – und zwar eine Minute länger als unbedingt notwendig, als angebracht. Ich staunte über seine Natürlichkeit. Er war ganz bei sich – die beim auf und ab Springen entblößten angespannten Bauchmuskeln, ein auf den Bizeps tätowierter, kaum zu entziffernder Schriftzug, nackte, blasse, ein wenig plumpe Füße und Hoden, die wie die Brüste der Mädchen in der Viskosehose hüpften. Gut möglich, dass außer ihm niemand von euch beim auf der Stelle Springen so eine Unbefangenheit ausstrahlte. Jeder mit seinen eigenen überflüssigen Hemmungen. Haar, das ins Gesicht fällt. Speckröllchen, die über den Hosenbund quellen. Metallisches Klirren von Armreifen. Ein dicker Hintern. Er dagegen war in diesem Moment wie aus einem Guss, selbstbewusst, eine Ausnahme.

Wie vor und nach der Stunde, wenn laute Musik aus den blauen Kopfhörern kam, seiner Plastikaureole.

Er war keiner von denen – und würde es auch nie sein –, die zu mir kamen, um mir ihr Herz auszuschütten, mir schwierige, ja manchmal unverständliche Fragen zu stellen: zur eigenen Berufung, zum eigenen Talent („Ich glaube, ich habe schon welches, kann es aber nicht richtig rüberbringen"). Oder zu einem „komischen Gefühl", wie Chiara sich ausdrückte, „wodurch ich mir selbst ganz fremd werde. Manchmal betrachte ich mich wie von außen und erkenne mich gar nicht wieder. Nein, nein, nicht wenn ich Theater spiele. Wenn ich Theater spiele", so sagte sie, „fühle ich mich meinem wahren Ich oder dem, was ich dafür halte, sogar eher näher. Ich meine, im richtigen Leben. An der Uni zum Beispiel, wenn die Vorlesung gerade vorbei ist, ich mit ein paar Freunden am Kaffeeautomaten stehe und etwas sage, egal was, und meine Stimme plötzlich ganz falsch klingt, ungewohnt. Wie das Krächzen einer Fremden, eines bescheuerten Geistes, der in mich gefahren ist und mich schüttelt, wenn ich lache. Oder aber ich knutsche mit einem Typen im Auto so wie gestern Abend. Die Fensterscheiben sind ein bisschen beschlagen, also genau richtig, damit ich mich nicht für seine Hand auf meinem Busen schämen muss, ich knutsche mit ihm, beziehungsweise zwinge mich dazu, mit ihm zu knutschen und denke: Das bin ich nicht", sagte sie. „Das denke ich, noch während ich mit ihm rumknutsche."

Dadurch dass Teresa plötzlich bei mir einzog, bekam mein Leben in diesem Herbst wieder neuen Schwung. Teresa hatte mir durch ihre Geburt Ende November 1983 eine völlig neue Rolle zugewiesen – und zwar die wichtigste im Laufe einer langen Karriere als Frau und Schauspielerin: „Tante, bestimmte Dinge kann ich nur dir anvertrauen." – „Tantchen, komm lass uns shoppen gehen, nur wir zwei beide." – „Tante, hol mich ab" (mitten in der Nacht, vor einer Diskothek). Mit diesen Vertraulichkeiten war kurz vor ihrem zwanzigsten Geburtstag Schluss wie mit einem Laden nach dem Ausverkauf. Als sie mit der Schule fertig war, blühte sie auf – auch körperlich, mehr noch als mit fünfzehn – und damit auch ihr Selbstbewusstsein. Sie telefonierte nicht etwa aus rund hundert Kilometern Entfernung mit mir, sondern aus einer ganz anderen Epoche: Ich war noch in der Phase steckengeblieben, in der ich ihr hinter dem Rücken der Mutter heimlich Schminke zusteckte, während sie weit in der Zukunft weilte. Dort war es genauso leicht, mich zu vergessen, wie sich ablenken zu lassen oder zu gähnen. Und jetzt war sie wieder da: souverän und schön, mich anstrahlend und stets freundlich, aber auch distanziert, wie ein Buch mit sieben Siegeln.

Bis zu ihrer Rückkehr hatte ich mich mehr oder weniger im Kreis gedreht, bis zum Spätnachmittag zogen sich meine Tage endlos hin und drohten regelrecht zu zerfransen. Für mich gingen sie erst dann richtig los, wenn andere erschöpft die Supermärkte aufsuchten: zweimal die Woche der Schauspielkurs, montags und donnerstags. Dann der ein oder andere Auftritt – meist Lesungen: alte, diskutierfreudige Damen, fahles Licht und zu allem Überfluss noch der ein oder andere leicht gestörte, vielleicht auch nur exzentrische Typ, der einfach das Mikrofon an sich reißt und nicht mehr hergibt. Nein, es ließ sich nicht leugnen, ich war keine Schauspielerin mehr, ja schlimmer noch: War ich überhaupt je eine gewesen? Und wenn ja, wann? Es kam vor, dass aus heiterem Himmel Regisseure von Fernsehserien anriefen (Leute, die ich vor einer Ewigkeit kennengelernt hatte: Vielleicht erinnerten sie sich daran, mir mal den Hof gemacht zu haben) und mir eine kleine Rolle anboten. Zwei Tage am Set, die mein Selbstwertgefühl hoben. Obwohl ich wusste, dass ich mir etwas vormachte: Mir gefiel die Vorstellung, dass es in Hollywood nur so wimmelt von alten unbekannten Schauspiellehrerinnen, die Stars unterrichten. Ob aus mir eines Tages auch mal die Ms. Collier einer zukünftigen Diva würde? Die Ms. Collier, bei deren Beerdigung Marilyn Monroe laut weinte. Jemand, über den man sagen kann: „Sie hat mir gezeigt, wie man atmet, und das hat mir geholfen – nicht nur beim Spielen, sondern generell im Leben." Jemand, die nach ihrem Tod andere dazu hinreißt zu rufen: „Oh je, was soll denn jetzt aus Phyllis werden? Ms-Collier-war-ihr-ein-und-alles."

Im Jahr 2012 in einem Reisebüro zu arbeiten, hatte fast schon etwas Deprimierendes. Teresa sprach es zwar nicht aus, aber man verstand es auch so. Da kommt der Ägypter, der sich nach dem Preis für einen Flug von Rom nach Kairo erkundigt (nur nach dem Preis) und flucht, weil es zu teuer ist, um dann wieder zu gehen. Da kommt der Rumäne, der ein Zugticket nach Pesaro will, aber ohne in Falconara umsteigen zu müssen. Warum ist das so teuer? Jemand ruft an, regt sich auf, wird laut, legt auf und beschließt, nichts zu buchen. In einem so kleinen Raum bildet sich im Nu eine Schlange. Zwei hohe Tresen aus rissigem Holz. Dort, wo sich die Leute mit dem Ellbogen aufstützen, ist das Mahagoni schon ganz hell geworden. Ein steinzeitlicher Nadeldrucker, der sich weigert zu funktionieren, wie er sollte, gibt eine Art Wiehern von sich, ein anhaltendes, aber leises Iiiiii, fast so als würde er klein beigeben. Es kommen nur Ausländer und Alte. Im besten Fall vollkommen unschlüssige Paare, die eine Hochzeitsreise planen. Alle anderen buchen übers Internet, vergleichen Preise, lesen Rezensionen auf TripAdvisor und brauchen keinerlei Unterstützung. Diejenigen dagegen, die ein Reisebüro betreten, brauchen ein ausgedrucktes Ticket, wissen nicht, was ein PNR ist und fragen zuverlässig mehrmals hintereinander, ob sie die Fahrkarte noch entwerten müssen. Sagt man ihnen dann „Nein, nicht nötig“, erwidern sie: „Gut, aber zur Sicherheit entwerte ich sie trotzdem.“ In der Regel sind sie über siebzig.

Damit verbrachte Teresa ihre Zeit – mit dem Versuch, sich verständlich zu machen: bei Menschen, die sich noch schwer taten mit der italienischen Sprache, bei Italienern, deren Hör- und Reaktionsvermögen schwer nachgelassen hatte. Auf einem Drehstuhl und mit der Weltkarte im Rücken unternahm sie so oder so jeden Tag eine Reise, wenn auch auf ihre Art. Und das gefiel ihr gar nicht mal so schlecht. Wenn sie Glück hatte und eine achttägige Rundreise „Auf den Spuren des Sultans“ mit sieben Übernachtungen für zwei Personen buchte, malte sie sich im Anschluss das Frühstück in einem Hotel in Fès aus, das

Mittagessen in einem typischen Lokal in der Medina oder einen Nachmittag in Marrakesch auf dem Dschemaa el Fna-Platz mit seinen Gauklern, Wasserverkäufern und Schlangenbeschwörern. Mit der Möglichkeit, für einen Aufschlag von 44 Euro pro Person ein Abendessen in einem typisch marokkanischen Restaurant zu reservieren.

Auf der Grenze zwischen der Dunkelheit draußen und dem Neonlicht des Bahnhofs Roma Ostiense muss Nino beschlossen haben, sich wichtig zu machen – nicht übertrieben, aber unmissverständlich: *mir* gegenüber, die ich ihn seit einem Jahr nicht mehr gesehen, aber schon seine Aussprache korrigiert hatte. „Man kann so oder so sagen“, beharrte er, auch wenn das vermutlich gar nicht stimmte. „Wie dem auch sei, ich flehe dich an, hör auf damit. Da kommt man mit einem schönen Schauspieldiplom in der Tasche aus London zurück, nur um einem Haufen alter Leute gegenüberzustehen.“ Und nein, das sei ihm nicht auf Anhieb klar gewesen, als ich ihm vorgeschlagen hatte, einen Schauspielkurs zu geben.

„Ein Theaterlabor für Senioren, einmal die Woche immer montags, mit einer Abschlussvorstellung im Mai.“

„Und *diese Leute* soll ich unterrichten?“, fragte er und tat ganz entsetzt, die Augen auf eine Art aufgerissen, die man nur als theatralisch bezeichnen kann. Wieder einmal gab er den Clown. Es ging nicht etwa darum, ob er sich dieser Aufgabe gewachsen fühlte oder nicht (natürlich fühlte er sich ihr gewachsen, wenn nicht sogar zu gut dafür), sondern um das Durchschnittsalter seiner zukünftigen Schüler. Fünfundsechzig, siebzig, Rentner mit nur einem Ziel, nämlich einen Nachmittag in der Woche etwas Spaß zu haben, sich abzulenken, sich wieder lebendig zu fühlen.

„Ich verstehe nicht, was dich an ihrem Alter stört.“ – „Na ja, eigentlich gar nichts oder vielmehr doch, nämlich dass sie Amateure bleiben werden, keine Chance mehr auf einen Karrieresprung haben.“ – „Ach hör mir doch damit auf!“, erwiderte ich. „Wie viele von euch zwanzigjährigen vorlauten Idioten werden auch Amateure bleiben? Fast alle.“ – „Mit einem Unterschied, nämlich dass diese Senioren null Ehrgeiz mehr haben, wirklich null!“ – „Du ahnst ja nicht, wie befreiend das sein kann“, warf ich ein. „Wenn alle Möglichkeiten bereits hinter dir liegen, du nichts mehr zu erwarten hast bis auf die paar Tage, die dir noch bleiben, ohne dass du wüsstest, wie viele es noch sind. *Diese Leute* gehen auf eine Bühne und spielen Theater, einfach so zum Spaß. Mit derselben fantastischen, ja ich möchte fast sagen beeindruckenden, zweckfreien ..." – „Was zweckfreien? Was kramst du denn da für Adjektive hervor, Grazia?" – „Doch, mit der zweckfreien Konzentration von Kindern, die ganz in ihr Spiel vertieft sind." – „Ja und?", konterte er. – „Damit kehren sich die Verhältnisse um: Für euch war ich die alte Versagerin, während du und die anderen erst noch aufblühen musstet, ein einziges Versprechen auf die Zukunft ... Und die Lehrer? Kaum mehr als uralte Mumien, nicht wahr, denen man das ein oder andere Geheimnis abluchst, um es dann besser zu machen, um mehr Erfolg zu haben, um es weiterzubringen. Wenn man mit jungen Leuten zu tun hat, die Schauspiel- oder Musikunterricht nehmen oder sich auf Sportwettkämpfe vorbereiten, bedeutet das immer auch, ihren Azeton-Atem im Nacken zu spüren, zuzusehen, wie sie falsch und hinterhältig werden, von Ehrgeiz zerfressen: Das kann ein ziemlich hässliches Schauspiel abgeben, einfach furchtbar. Du dagegen wirst harmlose Schüler haben, die sich solidarisch verhalten – und sei es nur, weil sie so gebrechlich sind. Du wirst für immer derjenige bleiben, der noch im Aufblühen begriffen ist, ein Versprechen auf die Zukunft: der Lehrer von Leuten, die nichts mehr vor sich haben. Ist das nicht lustig?" – „Nein, ist es nicht", erwiderte er, lachte allerdings dabei.

Ich hab drüber nachgedacht, mailte er mir ein paar Tage später, *und verstanden, dass du mich nur aus einem einzigen Grund ausgesucht hast. Und zwar deshalb, weil ich als Lehrer von alten Leuten keinen großen Schaden anrichten kann. Die ganze Sache mit dem Aufblühen hat mich weniger überzeugt. Stattdessen ist mir klar geworden, dass eine solche Aufgabe nicht viel Verantwortung mit sich bringt, man kann sich ihr unbesorgt stellen: Wenn diese alten Schüler nichts lernen, wenn ich es nicht schaffe, ihnen etwas beizubringen, ist das nicht weiter schlimm, dann ist für niemanden was verloren. Ich muss sie bloß bespaßen, stimmt's? Einen Rentnertrupp babysitten. Aber ich bin trotzdem einverstanden, okay?,* endete seine Mail, *ich nehme den Job!* Ich rief ihn an, und er ließ es lange läuten. „Entschuldige, ich hab das Vibrieren nicht bemerkt, ich bin gerade am Kochen." – „Wann hast du das denn gelernt?" – „In London." – „Toll, und was kochst du?" – „Einfach Nudeln." – „Das klingt aber nicht sehr aufregend." – „Ich geb am Ende Thunfisch dazu." – „Na dann!" Ich musste lachen und fragte anschließend: „Bereust du es, wieder in Italien zu sein?" – „Ich weiß nicht", erwiderte er, „im Moment ist mir alles recht." – „Und was ist mit deiner Londoner Freundin?" – „Sie ist nicht aus London, sie ist Römerin. Wir dürften ohnehin nicht mehr zusammen sein." – „*Dürften?* Was soll denn das heißen?" – „Dass sie in London geblieben ist und in einer Eisdiele arbeitet. Es ist besser so."

Sie waren ein Paar geworden und zusammen fortgegangen, mehr oder weniger mit dem gleichen Gepäck, den gleichen Hoffnungen. Nach London, ohne einen besonderen Grund – er, um als Schauspieler zu arbeiten und sie, um Englisch zu lernen, das genügte bereits. Während der Sommer, der in den Kensington Gardens schon vorbei war, irgendwo anders begann. Peter und Wendy würden niemals älter werden, sie kauften irgendein Junkfood im Supermarkt und streiften um Gebäude, goldbraun wie Riesenkekse. Sie hielten Händchen auf dem Trafalgar Square, Touristen unter Touristen, während die Beatles unentwegt von T-Shirts heruntergrinsten und der Wind ihnen ins Gesicht schlug, als würde ewiger Durchzug herrschen. Normalerweise liebten sie sich gleich bei Tagesanbruch: Es schien immerzu frühmorgens zu sein, war aber jedes Mal bereits Mittag. Das graue Licht schaffte es nicht, die Freundin zu wecken, seine Erektion dagegen schon – er schob sich langsam näher, und sie ließ dabei die ganze Zeit die Augen zu wie eine Schlafwandlerin. Und tja, was soll ich sagen? So eine Leber hätte ich auch gern, die noch kiloweise Fish & Chips, klebrige Pizza sowie undefinierbares Ethno Food verkraftet. Solche Nieren, die literweise Bier und Cola verarbeiten. Und eine Lunge, die heuballengroße Tabakmengen inhaliert. Von anderen Dingen mal ganz abgesehen, zum Beispiel dass du in die Küche gingst, um dir ein Spiegelei zu braten (Frühstück und Mittagessen in einem), und als das Ei fast fertig war, immer noch einen Steifen hattest.

Sie war nach einer Lesung zu mir gekommen. Ich dachte schon, sie wollte mich beglückwünschen, wenn auch zu Unrecht, denn ich hatte schlecht und hastig gelesen. „Entschuldigen Sie die Störung“, sagte sie angespannt und verlegen, eine Klarsichthülle mit ein paar zusammengefalteten Blättern in der Hand. „Ich bin die Mutter von einem ihrer Schüler.“ So was kam manchmal vor: Sie suchten mich auf, um mir zu sagen, dass ihre Kinder leider nicht weitermachen könnten – sie hätten zu lernen – das Abitur! – und müssten irgendwelchen Stoff nachholen. Oft quälten sie ganz andere Sorgen, nämlich die, ihre Kinder könnten das Theaterspielen zu ernst nehmen, es sich in den Kopf setzen, einen Beruf daraus zu machen und zu Filmcastings zu gehen oder bei irgendwelchen Talentshows vorzusprechen. Aber diesmal war es anders. „Ich bin die Mutter von Nino“, sagte sie. „Ich weiß nicht, ob Sie sich noch an ihn erinnern, er hatte einmal Unterricht bei Ihnen.“ – „Natürlich erinnere ich mich, was ist passiert?“ – „Oh, zum Glück nichts Schlimmes, er ist seit fast einem Jahr in London.“ – „Ich weiß.“ – „Na ja, ich mache mir ein wenig Sorgen.“ – „Warum?“ – „Ich habe das Gefühl, dass er nur Zeit verschwendet.“ Sie ließ mich nicht aus den Augen. – „Aber er ist doch noch jung, gerade mal zwanzig, da ist das nicht so schlimm.“ – „Ich weiß nicht“, entgegnete sie todernst. – „Hören Sie“, ergänzte ich, „man muss Kindern auch die Möglichkeit geben, Fehler zu machen.“ – „Kann sein“, gab sie zurück, „trotzdem, ich lasse Ihnen mal den Lebenslauf meines Sohnes da – hier, er steckt in dieser Klarsichthülle. Nichts Weltbewegendes, aber wenn Ihnen irgendwas unterkommt, das er hier machen könnte, wäre ich Ihnen sehr dankbar. Entschuldigen Sie, es ist mir extrem unangenehm, vielleicht hätte ich das lieber nicht tun sollen, wenn er davon wüsste – er würde mich umbringen. Aber wir haben ihn vor ein paar Wochen in London besucht und ... Sie verstehen schon.“

Ganz oben im Lebenslauf stand *Nino Morante, geboren in Rom am 29. Juni 1990*. Ein paar Praktika *(unentgeltlich), allgemeine Com-*

puterkenntnisse, Fremdsprachen: Englisch, fließend. „Ich weiß nicht, ob ich da weiterhelfen kann", sagte ich und gab ihr die Hand. Ihr Händedruck war feucht, aber fest. „Auslandserfahrung, die Sprache lernen – das ist ja alles gut und schön, aber wenn man nach London geht, um Werbung zu verteilen, kann man genauso gut zu Hause bleiben."

„Wir sind umzingelt“, sagte er. „Siehst du das denn nicht? Überall alte Leute. Kaum war man mal länger aus Italien weg, fallen sie einem sofort auf.“ Ich saß neben Nino in der U-Bahn und sah mich um: eine alte Dame, die die Augen aufreißt und ihren Mann fragt, ob er das auch gehört hat – „Hast du das gehört?“ Vermutlich hat er es gehört, sagt aber trotzdem Nein. „Hast du das gehört?“, wiederholt sie schockiert, „wie ordinär dieses Mädchen geflucht hat?“

Wir schauten uns an und mussten uns beherrschen, nicht laut zu lachen. „Sie sind überall“, wiederholte er. „Es ist die reinste Belagerung. Sie halten an der Supermarktkasse alles auf und sorgen für Staus, wenn sie am Steuer sitzen. Im Kino verlieren sie die Hausschlüssel oder bilden sich ein, sie verloren zu haben, um sie dann während des Films zu suchen. Sie können die Treppenstufen nicht mehr erkennen und tun es laut kund. Sie schütteln den Kopf über Dinge, die sie unmöglich finden, also fast ständig. Sie tragen Hemden, die inzwischen vierzig Jahre alt sind.“ – „Auch wenn dir das unvorstellbar vorkommt, irreal wie ein Science-Fiction-Film, wirst auch du eines Tages alt werden“, erwiderte ich – „Nein, nein, ich seh mich nicht so.“ – „Ich dagegen schon. Ich sehe, wie du mit Flecken auf dem dunklen Pullover das Haus verlässt, am Hals schlecht rasiert. Lange Brustbehaarung sprießt aus dem Kragen deiner Hemden, die zu diesem Zeitpunkt ebenfalls vierzig Jahre alt sein werden. Und ob ich dich sehe, an einem Donnerstag im November des Jahres 2057, wie du gegen Abend diese Brücke über den Tiber nimmst. Der Wind weht dir den Hut weg. Du läufst ihm nach und musst lachen. Siehst du? Es gibt da einen Siebenundsechzigjährigen, der lacht, und der bist du. Der Hut ist ihm immer ein paar Schritte voraus, er lacht und kann nicht mehr damit aufhören. Ihm fallen die Tauben wieder ein, die einst die Plätze der Stadt bevölkerten. So was von bescheiden und so was von schmutzig. Er hält sich nicht für alt, noch nicht. Stattdessen denkt er: Da ist nichts mehr, dem ich nachlaufen muss. Von einem unmodischen Hut einmal abgesehen, der vor mir hereilt wie eine aufgescheuchte Taube. Er lacht und atmet auf, haha, ah. Sonst nichts. Ihr habt ja keine Ahnung, wie unbeschwert das Leben ist, wenn man keine ehrgeizigen Pläne mehr hat."

Keiner hätte besser über ihn Auskunft geben können als der Suchverlauf von Google. Um seine ersten Wochen in Italien nachvollziehen zu können, war alles vorhanden, was man dazu brauchte:

zu vermieten, rom, nähe bahnhof termini – unweit der u-bahn-station manzoni in einer immobilie mit portiersloge ... im berühmten san lorenzo-viertel, haben wir in zentraler lage ein hübsches objekt anzubieten, 55 qm – theater, endstation sehnsucht – drama des amerikanischen bühnenautors tennessee williams, die broadway-premiere fand am 3. dezember 1947 unter der regie von elia kazan statt – wettervorhersage für rom – durchschnittstemperatur 15 °C, luftfeuchtigkeit 91%, leicht bewölkt, gelegentlich regen – rom, fitnessstudio, preise – finden sie die günstigsten und glamourösesten fitnessstudios von ganz rom – blähungen – zehn supertipps um sie zu vermeiden – arthur miller – berühmt wurde er mit alle meine söhne – für tod eines handlungsreisenden bekam er 1949 den pulitzerpreis – free porn movies – sandra milka's first time – (nach 21 Minuten und 36 Sekunden kommt der zweite Mann ins Spiel, aber Nino langweilt sich und surft weiter) *repubblica.it – google.it – teresa campoli – campoli teresa – teresa campoli facebook-profil – bildersuche teresa campoli –*

Zur Vorbereitung einer Webserie, die ihm vorschwebte, hatte er zig Seiten von Gastronomiefesten, Volksfesten und Veranstaltungen, bei denen historische Ereignisse in Kostümen nachgestellt wurden, unter Favoriten gespeichert. Allein in der Region Latium gab es unzählige davon. Das Cesanese-Reben-Fest. Das Kastanienfest in Monte San Giovanni. Das Maronenfest in Rocca Massima. Das Schnecken- und Lammspießfest in Civita Castellana. *Pane Olio e Fantasia* in Boville Ernica. Das Bruschettafest in Monteleone Sabino. Das Olivenölfest in Canneto. Das Polentafest in Lariano. Das Stängelkohlfest in Roccasecca.

Das Ganze lief so, dass sie „Endlich!" sagte. Und da hat es wie aus dem Nichts gefunkt, als wärt ihr zwei passende Metallenden, die einen Lichtbogen bilden und davon erwärmt werden. Im Abenddunst waren es eure Ohren, vielleicht auch eure Nasen. „Was endlich?", fragte Nino, der ganz in der Nähe rauchte. „Endlich wird es ein bisschen kühler", erwiderte Teresa. Man könnte es als einen unbedeutenden geographisch-historischen Zufall bezeichnen: unter Millionen von Quadratkilometern und Jahren ausgerechnet derselbe Bürgersteig, in unserem Teil des Universums, an einem Montag, Ende Oktober, zwölf Minuten nach neunzehn Uhr.

„Bist du der mit dem Schauspielkurs für Senioren?" – „Ja", erwiderte Nino mit einem schiefen Grinsen, „genau der bin ich." – „‚Bist du derjenige, der den Theaterkurs gibt?', wollte ich eigentlich sagen." – „Ja, sehe ich etwa so aus, als ob mich das überfordern würde?" – „Woher soll ich das wissen?" Lachend fischte sie ihr Handy aus der Handtasche. Als sie es zum Gesicht führte, nahm er sie zum ersten Mal richtig wahr. Und dachte etwas Albernes – etwas, das typisch ist für einen Schauspieler, der es gewohnt ist, bei Vorsprechterminen eindrucksvolle Monologe zu halten. Zum Glück behielt er es für sich. Seine bewährte Anmach-Methode – der unbezähmbare Drang, vor Frauen den Clown zu geben – schien auf einmal zu versagen. Gedacht hatte er Folgendes: „Und ich hab schon geglaubt, du hättest einen kleinen Mond in der Hand." Noch bis vor einem Monat hatte deutlich weniger genügt, um eine Unbekannte vor dem Inder an der Ecke in ein Gespräch zu verwickeln. Denn früher oder später kam immer raus, dass er Italiener war, was allseits Heiterkeit erregte.

„Sollen wir dich mitnehmen?"

„Wer ist wir?", fragte er überrascht. „Meine Tante und ich", erwiderte sie. Endlich brachte Nino diese junge Frau mit seiner alten Schauspiellehrerin in Verbindung: „Entschuldige, aber wie heißt deine Tante?"

„Wo hast du denn geparkt, Teresa?" Ohne ihr Zeit zu geben, darauf zu antworten, schob ich noch hinterher, dass mir das Bein wehtue. „Das solltest du doch eigentlich wissen oder?" Und zwar in einem dermaßen weinerlich-gereizten Ton, dass ich es verdient gehabt hätte, einfach stehengelassen zu werden, damit die für Ende Oktober typische Abendfeuchtigkeit in mein kaputtes Bein, ja mir überallhin kriechen konnte. Genau das dachte sich Nino vermutlich auch, während Teresa auf den klapprigen roten Twingo in zweihundert Metern Entfernung zeigte, als hätte sie mich gar nicht gehört. „Also was ist, willst du jetzt mitfahren oder nicht?" – „Okay, danke."

Auf dem Autorücksitz wirkte Nino wie ein Kind, das jeden Moment fragt, wann wir endlich da sind, eingekeilt zwischen meiner hinterm Steuer sitzenden Nichte und mir. Ich hatte das schlimme Bein mittlerweile ausgestreckt und den Sitz ohne jede Vorwarnung abrupt nach hinten geschoben. Am liebsten hätte er zu ihr gesagt: „Warum lässt du deine Tante nicht mit dem Bus fahren?", woraufhin sie ... Egal – das Einzige, was Nino auf der kurzen Strecke von Monteverde hinunter zum Viale Marconi ganz klar spürte, während das Radio was von sintflutartigen Regenfällen plärrte, die für die Zeit um Allerheiligen angekündigt waren, beziehungsweise während der rote Twingo die an Hauswände gesprühten Konterfeis von Shelley und Gramsci passierte, war, dass er eindeutig nichts dagegen hätte, sie wiederzusehen – die Nichte dieser Tante, die in der Zwischenzeit dazu übergegangen war, ihre feuchtigkeitsbedingten Gelenkprobleme aufzuzählen.

„Der Trick ist der, immer mit einer Improvisation zu beginnen. Vergesst Shakespeare, vergesst Tschechow, nehmt einfach irgendein Wort, einen Gegenstand, einen Ort. Brecht das Eis. Gebt jede Zurückhaltung auf. Wenn ich ‚Schreit!' sage, dann schreit. Wenn ich ‚Weint!' sage, dann weint, denkt an die traurigste Sache der Welt. Angenommen, wir wären auf der Post, und ihr steht Schlange. Sie hier ist die Schalterangestellte. Als Erstes diskutiert ihr darüber, wie langsam es vorwärtsgeht, nur untereinander, um anschließend den Angestellten die Schuld zu geben, die zu faul zum Arbeiten sind. Doch dann muss was passieren, ein einfach so dahingesagter Satz lässt eine Bombe platzen, entfacht einen handfesten Streit über Politik oder so, euch wird schon irgendwas einfallen, so was wie: ‚Diesen katastrophalen Service haben wir einzig und allein unserer tollen Regierung zu verdanken *[in sarkastischem Tonfall]*. – ‚Logisch, wäre die Opposition an der Macht, würde alles gleich viel besser funktionieren' *[ebenso sarkastisch]*. Und genau da verliert ihr die Beherrschung: Holt das Schlechteste aus euch hervor, euren Frust, eure sozialen Vorurteile, die abgeschmacktesten Sätze. So eine Szene funktioniert normalerweise ausgezeichnet. Es genügt, auf etwas ganz Alltägliches zurückzugreifen – das solltet ihr generell tun, selbst wenn ihr eine griechische Tragödie aufführt. Vergesst nie, dass jeder Theatermoment etwas Wahrhaftiges enthält, ja enthalten *muss*, und alles, was ihr wahrhaftig tut, einen Theatermoment – auch wenn ihr euch dessen gar nicht bewusst seid. Wenn ihr um einen Parkplatz streitet und laut werdet, ist das auch ein Theatermoment. Bei Wutanfällen sieht man das besonders gut, da merkt man es am deutlichsten. ‚Leck mich du blöde Kuh', ‚Du blödes Arschloch' – und schon geht es los: Türen knallen und Stühle kippen um, die schlimmsten Flüche werden laut, langes, verbittertes Schweigen, das gar kein Ende mehr nehmen will. All das folgt ausschließlich der Logik der Improvisation. Los, wirf mir was an den Kopf! SIE *[ironisch]*: ‚Jaja, der feine Herr da drüben schuftet sich regelrecht zu Tode!' ER *[aggressiv]*: ‚Du jammerst, dass du müde bist, warst aber rein zufällig den ganzen Nachmittag im Fitnessstudio.' Darauf fällt ihr nichts mehr ein. Er nutzt das aus und legt nach *[mit provozierendem Unterton]:* ,Da sagst du nichts mehr, was?' Das ist gar nicht komisch, zumindest nicht aus der Innenperspektive, da gibt es nichts zu lachen. Es endet folgendermaßen: Beide treten ab, verlassen die Küche, um sich jeder in ein anderes Zimmer zurückzuziehen und mehr oder weniger dasselbe zu denken. ,Wie konnte ich nur?' – ,Wie konnten wir nur?' Es vergeht eine Stunde, es vergehen zwei Stunden, dann wirft einer dem anderen eine Bemerkung hin – in der Regel ein Satz, der auf etwas ganz Praktisches verweist, auf eine neutrale, harmlose Angelegenheit. ER *[aus dem anderen Zimmer]:* ,Wir haben nichts mehr im Kühlschrank, soll ich runtergehen und was einkaufen?' SIE *[brummelnd]:* ,Ja dann geh halt, was soll ich darauf schon sagen?'

Damit ihr euch daran gewöhnt, die komische Seite von dem, was wir hier machen, von dem, was wir hier sagen, zu sehen, möchte ich euch bitten, die Szene zu wiederholen und nur einen einzigen Vokal zu benutzen, das A, das U, und nur ihn zu verwenden. Ju ju, dur fuune Hurr du druben schuftut such rugulrucht zu Tudu! Da jammarst, dass da mada bast, warst abar raan zafallag dan ganzan Nachmattag am Fatnassstadaa." Ihr seid in Gelächter ausgebrochen, wie Kinder im Kindergarten. Gut so. Wenn es sich zu lange hinzog, war es Nino, der aufbegehrte. „Na gut, wir haben's verstanden", sagte er genervt – ausgerechnet er, der normalerweise immer etwas fand, worüber er sich lustig machen konnte.

„Nino, wann eine Übung beendet ist, entscheide immer noch ich."

Innerhalb weniger Jahre hatte Nino schon alles Mögliche gemacht. Bereits mit siebzehn hatte er als Animateur am Strand von Montesilvano gearbeitet. Mit albernen Megaphon-Durchsagen sollte er Badegäste zwischen zwölf und seiner eigenen Altersgruppe um sich scharen: diejenigen, die sich seit Kurzem nicht mehr als Kinder fühlten, die Eltern unterm Sonnenschirm zurückließen und dem Ufer entgegeneilten wie einem neuen Lebensalter. Von Juni bis September war er braungebrannt, die Mädchen warfen ihm bewundernde Blicke zu und redeten über ihn, kaum dass er sich entfernt hatte. Die Dicken waren immer nett und wirkten dadurch plump und einfältig. Den Blick der wirklich Hübschen versuchte Nino so schnell wie möglich zu erhaschen, wenn diese kurz von ihrem Handydisplay aufschauten, denn wenn etwas passieren sollte – wenigstens ein Kuss –, musste es geschehen, bevor die Väter für ihren einwöchigen Urlaub anreisten.

Er beschleunigte das Ganze, indem er fragte, „Wollen wir was Trinken gehen?" Die Verabredung musste allerdings notgedrungen um zwei Uhr nachmittags stattfinden, wenn er frei hatte. Viele sahen sich gezwungen, Nein zu sagen, die Mütter hielten sie mitsamt dem kleinen Bruder und dem Yorkshire-Terrier unter Verschluss: „Wohin willst du nur um diese Zeit, bei dieser Hitze?" Diejenigen, die sich davonstehlen konnten, hatten geile Brüste. Lachend schüttelten sie ihr nasses Haar, woraufhin ein kalter Sprühregen auf seiner Haut landete, der sich anfühlte wie tausend Nadelstiche. Der Spruch, mit dem man auf Nummer sicher ging, ohne zu lügen, begann mit einem leichten Zittern in der Stimme: „Weißt du *[Pause, Zittern]*, ähm, du bist wirklich schön." Zunächst hatte er *hübsch* gesagt, aber eine von ihnen hatte sich aufgeregt, danach hatte er dieses Adjektiv ad acta gelegt. Doch normalerweise sagten sie nichts darauf, sondern lächelten mit gesenktem Blick. Die Verlegenheit war echt, sogar bei den Vorwitzigsten, und rückte sie in ein anderes Licht, das Pickel schneller verschwinden ließ als diese halbe Woche am Meer. Sexuelle Wesen, noch ganz am Anfang ihrer Prachtentfaltung, die hochkonzentriert küssten, auf eine weiche, feuchte und warme Art. Ohne auf mehr zu bestehen, ohne überhaupt das Bedürfnis danach zu haben. Und wenn doch mehr daraus werden sollte, musste er Druck ausüben, wobei er strikt darauf achtete, dass sie an ihrem superflachen Bauch spürten, was es eben so zu spüren gab. Er ließ die Hände von den Schultern zur weichen Po-Region gleiten und kniff ein wenig hinein: Die einen lachten anzüglich, die anderen reagierten gar nicht und wieder andere – Luna zum Beispiel – schoben eine Hand zwischen sie beide wie einen Schutzschild. Das dachte er zumindest. Doch dann begann Luna, die Hand zu bewegen, über dem Stoff, ohne sich darunter vorzuwagen. Er stöhnte leise, und sie machte keinen Mucks. Sie waren in der Umkleidekabine ihrer Eltern: Die waren beim Mittagessen und hatten sie gebeten, auf die kleine Schwester aufzupassen. Sie hatten sie spielend bei den anderen Kindern zurückgelassen und hörten sie nach einer Weile von draußen rufen: „Luna, Luna" – ausgerechnet in dem Moment, als Nino gerade dabei war zu kommen. „Psssst!", flüsterte er Luna ins Ohr, „nicht aufhören", und Luna tat so, als wäre sie nicht da, bewegte weiterhin mechanisch die Hand und dachte an die Schwester, die von draußen nach ihr rief – „Luna, Luna!" –, während es ihn in diesem Moment durchzuckte und ihm ein gedehntes „Aaah!" entwich, eine Art tonloses Wimmern. „Ich geh raus", sagte sie, „Bleib du noch kurz hier." – „Warte, ich brauch ein Taschentuch." Bei diesen Worten zog er seine Hose herunter. Sie schaute nicht hin und holte ein Taschentuch, drehte sich um und beugte sich dann völlig unerwartet vor, um ihn damit abzutrocknen, hastig und völlig unerotisch, um den Vorgang zu beschleunigen. Er rührte sich nicht von der Stelle, und sie wiederholte: „Ich gehe jetzt raus." Nachdem er sich wieder gefangen hatte, hörte er, wie sie nach ihm rief – „Nino, Nino!" –, denn sie konnte die Schwester nirgends entdecken. Da erlebte er sie ganz aufgelöst und zerknirscht, als eine Wildfremde, eine wunderschöne, viel erwachsenere junge Frau, die doppelt so alt wirkte wie er. Anschließend war die Hölle los: Die kleine Gaia blieb verschwunden, jemand hatte ein kleines Mädchen gesehen, das nach einem roten Schirm mit Fischen drauf gefragt hatte, sie hatte sich also vermutlich verlaufen. Die Eltern waren außer sich. Luna begann zu weinen, bekam fast keine Luft mehr. Nino war wie versteinert und brachte kein Wort heraus. Nach dreißig Minuten totaler Panik fand Gaia sich wieder bei ihrer Familie an der Bar ein, an der Hand einer blonden hoch gewachsenen jungen Frau, die Nino nicht umhin kam, ausgiebig zu betrachten. Das war's dann gewesen mit Luna, sie reagierte nicht mal mehr auf seine SMS: Scham und Angst hatten sie gegen ihn aufgebracht. Aber nach wenigen Tagen würde sie ohnehin abreisen und Nino keinen weiteren Gedanken mehr an sie verschwenden. Ohne jedes schlechte Gewissen sollte er sich bloß noch genüsslich an die Details des unvorhergesehenen Kabinenabenteuers zurückerinnern.

Er hatte generell keine größeren Probleme mit Mädchen. Einmal war es ihm sogar gelungen, eine anzumachen, als er für ein paar Monate in einem riesigen Kükenkostüm in einem Einkaufszentrum unterwegs gewesen war. Erniedrigend? Von wegen! Im Frühling litt man zwar unter der Hitze, aber es war alles so lustig, einfach alles – das Staunen der Kinder, die einen anfassen wollten – „Los, streichle das Küken!" –, das Grinsen der Erwachsenen, denen man ansah, dass sie dachten: Was für eine lächerliche Arbeit! Ihn amüsierte das. Er konnte die absurdesten Grimassen ziehen wie ein Irrer, versteckt hinter den niedlichen Riesenaugen und dem Schaumgummischnabel. Die Verkäuferin führte ihn zu den Umkleiden, und er folgte ihr – sie in weißer Bluse und kurzem Faltenrock und er ganz plump in seinem gelben Riesenkörper, wobei er den Kükenkopf wie ein Enthaupteter unterm Arm hielt. Ihm gefiel die Vorstellung, sie in der Umkleide noch in diesem Aufzug an sich zu ziehen: die typische, fantastische Geste eines geborenen Spaßvogels. „Komm her, Mariachiara, lass dich von dem Riesenküken umarmen", sagte er eines Abends nach Dienstschluss zu ihr, woraufhin sie laut lachte und mitmachte.

Mehr passierte nicht: „Ich hab einen Freund“, sollte sie ihm bald darauf anvertrauen, ohne konkreten Anlass – vielleicht auch nur, um es sich selbst wieder in Erinnerung zu rufen. Er fand sich rasch damit ab, die Mädchenfabrik spuckte am laufenden Band neue Exemplare aus, man brauchte nur raus auf die Straße zu gehen, es war wirklich unfassbar.

Am Montag darauf saht ihr euch wieder, mehr oder weniger zur selben Zeit. Teresa wartete draußen auf mich, für Nino kam die Begegnung eher unerwartet. „Wie war's?" – „Ganz okay", erwiderte Nino und sah dabei mich an. Ich lächelte und sagte: „Er schafft das schon." – „Spielst du die Chauffeurin für deine Tante?", fragte Nino und suchte Teresas Blick, die sich gerade darauf konzentrierte, Tabak aus der Packung aufs Zigarettenpapier zu manövrieren. Sie zuckte nur mit den Schultern, da ihre Lippen mit dem Filter beschäftigt waren. Beim Anzünden sagte sie: „Ja, unter anderem." Nino hätte gern nachgehakt – „Was machst du eigentlich? Wie alt bist du? Um die dreißig, das schon, aber ...", vielleicht sogar: „Hast du einen Freund?" – einfach so, um Bescheid zu wissen. Stattdessen stellte sie die Fragen – so ist sie eben: eine, die jede Menge Fragen stellt, aber selbst mit Antworten geizt. „Seit wann spielst du Theater? Willst du wirklich mal Schauspieler werden? Kannst du vom Schauspielunterricht leben?" Nino stammelte irgendwas, ihr ebenso neugieriger wie forschender Blick brachte ihn ausnahmsweise mal in Verlegenheit. Er kam sich vor wie bei einer Prüfung, ohne das Prüfungsthema (sein Leben vermutlich) wirklich zu kennen. „Wie dem auch sei, stell mir nicht so komplizierte Fragen." In den zehn Minuten, die es dauerte, um die U-Bahn-Haltestelle der Linie B zu erreichen, provozierte Nino sie mit der Frage, ob sie was gegen Schauspieler habe, ob die ihr eher unsympathisch seien. „Irgendwie schon" erwiderte sie, während sie ihn über den Rückspiegel musterte und es dabei beließ. Um die Stille zu füllen, fragte er mich, was ich davon halte, wenn er ein Stück von Arthur Miller inszeniere – vermutlich ein Versuch, gebildet rüberzukommen. „Miller?", sagte ich. „Wie kommst du denn darauf? Nein, nein, es muss was Einfacheres, Zugänglicheres sein. Irgendeine Verwechslungskomödie, Marivaux zum Beispiel. Ein Stück mit vielen Figuren, das die Leute zum Lachen bringt." Er verstummte, wusste nicht recht, ob er gleich auf Wikipedia nachschauen sollte. Dann zog er sich dadurch aus der Affäre, dass er sagte: „Bei einem Kurs für alte Leute kann es unmöglich eine Liebesgeschichte sein.“

Doch, komisch war es schon, Tipps zu Reisen zu geben, die sie höchstwahrscheinlich nie machen würde. Das zukünftige Brautpaar hatte sie erst vertrauensvoll und dann überfordert angeschaut. Eine halbe Stunde lang hatte sie den beiden Vorschläge unterbreitet. Mauritius, sieben Nächte und acht Tage, ein Zimmer mit Blick auf den Indischen Ozean. Sieben Nächte in Thailand, Halbpension. Eine Nil-Kreuzfahrt mit aufregenden Ausflügen zu den Sanddünen der Wüste, wie sie es formuliert hatte, Vollpension, für dreitausend Euro pro Person. „Aber ist das nicht gefährlich?" – „Nein, aber wir können das Rote Meer gerne weglassen." Keine Reaktion. Sie versuchte es erneut: „Wie wär's mit New York plus Florida plus Dominikanische Republik? Oder mit einer Rundreise durch Mexiko?" – „Nein, wir hätten gern was Ruhigeres." – „Zehn Tage Miami? Ich hab da ein fantastisches Hotel mit einer Privatinsel für die Gäste, ausschließlich mit dem Boot erreichbar, ohne zusätzliche Kosten. Sie würden insgesamt um die fünftausend Euro ausgeben. Afrika schlage ich Ihnen gar nicht erst vor. Oder interessiert Sie das doch?" Die beiden schüttelten den Kopf. „Wie wär's mit einem romantischen Klassiker? Paris und die Normandie?" Sie konnten sich einfach nicht entscheiden und sahen sich hilfesuchend an: „Wir denken lieber noch mal drüber nach." Ende der Woche kamen sie wieder und meinten, sie hätten gründlich überlegt, lange diskutiert, und das Beste sei ... – „Paris, stimmt's? Das hab ich mir schon gedacht." Nein: Das Beste sei, in Italien zu bleiben. Und so wurde es schließlich Sardinien, ein schönes Viersterne-Hotel in Porto Rotondo mit Pool und sauberen, sonnigen Zimmern, in dem das Frühstück einschließlich selbst gebackenem Kuchen auf einer typischen, holzüberdachten Veranda serviert wird.

Wenn sie die wichtigsten Infos aus einem neuen Prospekt zu Marokko oder Indien überfliegt, hat Teresa manchmal das Gefühl, dass die Welt, von der sie tagtäglich erzählt, ausschließlich aus Pools und Hotels mit Meerblick besteht, aus Abendessen, Zimmern mit Bad und Klimaanlage. Doch es gibt etwas, das unendlich viel größer ist als die Weltkarte in ihrem Rücken, unendlich viel komplexer als die Geste, die der Zeigefinger beschreibt, um einem Kunden die Route von Casablanca nach Agadir zu zeigen – etwas, das sich ihr entzieht. Nach der Lektüre der Wochenzeitung *Internazionale* bleiben ihr von den vielen bedeutenden oder einfach nur furchtbaren Ereignissen auf dieser Welt nur winzige Details im Gedächtnis:

Haifischflossen, die auf den Bürgersteigen Hongkongs zum Trocknen ausgebreitet sind

tote Elefanten, die in Chennai, Nordindien, von einem Direktzug überfahren wurden

neuerliche Aktivitäten kleinerer Vulkane in Nicaragua

die Schwierigkeit in Norilsk, Sibirien, zu überleben – 300 Kilometer nördlich des nördlichen Polarkreises, wo die Sonne zwischen November und Januar niemals aufgeht

Frisuren, die von einem Friseur aus Pjönjang, Nordkorea, angeboten werden

der Mann, der vor Muriwai Beach, unweit von Auckland, Neuseeland, von einem Hai getötet wurde.

Ihre Fantasie verselbstständigt sich und läuft völlig überflüssigerweise auf Hochtouren, entführt sie an Orte, an denen sie niemals sein wird. Sie hat viel zu viele Ängste und kaum Erfahrung mit Auslandsaufenthalten, die ihr wie anstrengende Träume in Erinnerung geblieben sind. Auf der einzigen Pfadfinderreise ihres Lebens nach Madrid, in dem Sommer, als sie elf Jahre alt war, schrieb sie Karten nach Hause, in denen sie die Tage bis zur Heimreise zählte: *Liebe Mami, liebes Tantchen, hier alles gut, es fehlen noch sechs Tage, bis es wieder nach Hause geht, grüßt mir alle schön und sagt meiner Katze, wie lieb ich sie habe.*

Noch heute hält sie es für einen ihrer größten Fehler, ihren Ex, Andrea, in Brüssel besucht zu haben, ganz spontan mit einem Billigflug, um mit ihm zu reden. Das war echt ein Albtraum, allein schon das Bauchweh von der Aufregung und von ihren Tagen – dann noch der ständige Starkregen.

Meine sehr verehrten Damen und Herren: Darf ich vorstellen? Die menschliche Gattung. Die Turbulenzen dauerten länger als gedacht, und für ein paar Minuten gelang es keinem der Passagiere an Bord des Fluges EZY4922, die Beherrschung zu bewahren. Alle hatten, wenn auch nur kurz, etwas verloren – die Kontrolle, die Gewissheit, die Hoffnung. Sogar der ungerührte Tageszeitungsleser auf Sitz 11C gab beim schlimmsten Luftloch klein bei und rollte die *Financial Times* zusammen. Das läuft aber gar nicht gut!, dürfte er gedacht und ausnahmsweise einmal keine Börsenindizes gemeint haben. Es begann damit, dass die Frau vor ihm anfing zu winseln. Sie biss auf ein Taschentuch, der Schweiß brach ihr aus, und sie bat ständig Gott und ihre Mama um Beistand. Massenweise unvollendete Level von *Candy Crush* hinterließen Zuckerblöcke und Baisers, denen niemand mehr Einhalt gebot. Sie vervielfältigten sich auf erschreckende Weise, genau wie die Hustenattacken eines Japaners neben dem Notausgang. Jemand bekam feuchte Augen, das Gelb und Blau der Sitze verschmolz mit dem Grün verschiedenster Gesichter. Mit Wildfremden geteiltes Gefühlschaos sorgte für eine unvorhergesehene Verbrüderung, sodass die noch vor einer Stunde geäußerte Vorliebe für den süßen Snack, ja die Sprache, die geographische Herkunft, die politischen und religiösen Überzeugungen aufgrund des befürchteten gemeinsamen Schicksals so gut wie gegenstandslos wurden. Sogar die Neurosen und Ticks, die erschütternd vielen Schwächen, mit denen ein jeder ausgestattet war, verloren ihre Bedeutung, während der Glaube an die Statistik selbst bei den erfahrensten Reisenden ins Wanken geriet. Bei der Landung stoben dann alle auseinander wie Aufziehspielzeug, kaum dass sie – klick! – den Sicherheitsgurt geöffnet, die Beherrschung wiedergefunden und sich rasch in diejenigen zurückverwandelt hatten, die sie ein paar Stunden lang eher weniger gewesen waren. Sich endlos hinziehende Minuten, in denen sie ihre Verpflichtungen und unterschiedlichen engstirnigen Überzeugungen völlig vergessen hatten, in denen die Überheblichkeit zusammen mit dem Handgepäck in den Ablagefächern geblieben war, und in denen der mit der aufgeschlagenen Zeitung in den Raum seines Sitznachbarn vordringende Mann unentwegt mit seinem Ehering gespielt hatte.

Aus dem Fenster einer kleinen Mansardenwohnung sah Teresa, wie die Place de la Vieille Halle aux Blés verschwamm, genauso wie Jacques Brel, der von einem Plakat heruntersang. Doch sie hörte ihn nicht, *Plus rien ne ressemblait à rien,* nichts ist mehr wie früher – sie weinte und hörte es nicht, dieses uralte Lied, in dem es heißt, *De l'aube claire jusqu'à la fin du jour, je t'aime encore,* von Sonnenauf- bis Sonnenuntergang: Ich liebe dich nach wie vor – aber egal, was hätte es schon gebracht, das zu sagen? Er reagierte einfach nicht – weder auf SMS noch auf Anrufe, und sie wusste nicht, wo sie nach ihm suchen sollte: *Ich bin in Brüssel, bitte Andrea, bitte, bitte, bitte,* hatte sie ihm fünfundzwanzig Mal geschrieben, dann an einem kleinen Touristenkiosk eine Waffel zu Abend gegessen, die ihr zu allem Überfluss viel zu süß war, um dann, als es endlich aufgehört hatte zu regnen, auf ihr Zimmer zu gehen und voll bekleidet einzuschlafen.

Nino hat im Esquilino-Viertel gesucht und teilt sich die Wohnung nun mit einem Erstsemester der Ingenieurwissenschaften. Die Fakultät ist gleich um die Ecke, doch wenn man sich zu ihr auf den Weg macht, landet man im Nu in einer ganz anderen Ära: In Rom sind die verschiedenen Epochen oft nur durch wenige Meter getrennt. Doch Nino bleibt gern in der Gegenwart, in Straßen, die denen ähneln, die er in London zurückgelassen hat. Die niedrigen Mauern an der Ecke Via Manin/Piazza dei Cinquecento sind ihm angenehm vertraut. Hier sind die Straßen nach Patrioten des Risorgimento benannt, auch wenn sie kaum noch etwas Italienisches haben. Die Vaterlandshelden schauen von den Straßenschildern herab und verstehen die Welt nicht mehr. Es gibt keine Zeitung, die der bengalische Kioskmann nicht kennt. Die chinesischen Läden haben sich immer mehr ausgebreitet. Hoch aufgeschossene äthiopische junge Männer gehen vorbei, wobei ihre geheimnisvollen Holzobjekte klappern wie Kastagnetten. Plötzlich schießen überall pakistanische Schirmverkäufer aus dem Boden, lächelnde Trugbilder, sobald die ersten Regentropfen fallen. Die Internetcafés haben in den letzten zehn Jahren an Attraktivität verloren, es gehen nur noch Touristen hin, um sich Bordkarten und Reservierungen auszudrucken. Danach schleppen sie ihre Koffer in winzige Zweisternehotels, die aus zu großer Entfernung gebucht wurden. Da sind die Stände mit Obst und Getränken, die kleinen, vollgestopften Läden (Wodka, Kondome), die bis tief in die Nacht geöffnet sind, die Imbissbuden mit Pizza und Döner, die Speisekarten der exotischen Restaurants – weltweit verständliche Abbildungen für Hungrige ohne Ansprüche. Auch hier hängt Frittiergestank in der Luft – der Mundgeruch der Welt. Er baut Barrieren ab, an Weihnachten genauso wie an Ostern, und sorgt dafür, dass man nicht den Halt verliert, auch wenn man ihn längst verloren hat. Der McDonald's vor dem Bahnhof ist die Kirche der Ungläubigen, psychisch Kranke und Randexistenzen gehen auch bloß zum Pinkeln hin. Santa Maria Maggiore da unten ist nichts dagegen: Die Bronzeengel, die über den langen Schlaf von Papst Sixtus V. wachen, haben den Blick noch nie nach außen gerichtet.

Hier mischen sich Dealer mit Drehbuchautoren und Starregisseuren des neuen italienischen Kinos, von denen es im Viertel angeblich nur so wimmelt (er selbst hat noch nie einen gesehen). Die Penner auf dem Bürgersteig vor dem Upim haben durchaus Stil, nichts hier bleibt dem Zufall überlassen, ein Zuhause ist ein Zuhause, selbst wenn es aus einem Bürgersteig besteht, ein bisschen Ordnung muss sein, es genügt, sich zu organisieren. Dadurch bekommt die Zigarette, die eine alte, schwarz gekleidete Frau genüsslich raucht, während sie die nackten, schmutzigen Füße Richtung Straße streckt, etwas Erhabenes, nein, Euphorisches – ja wird zum Inbegriff des süßen Lebens. Der Genuss, den eine Zigarette schenkt, existiert auch in bitterster Armut, denkt Nino, der erst vor Kurzem aufgewacht und wie immer bereit ist, Frühstück und Mittagessen in einem zu sich zu nehmen. Der Rollladen in seinem Zimmer schließt nicht richtig, er lässt sich nicht ganz herunterlassen. Frühmorgens dringt gerade so viel Licht ein, dass er davon geweckt wird. Dann dreht er sich noch mal um, wobei stets Angst an ihm nagt: An jedem zweiten Morgen befürchtet er, eine Prüfung vergessen zu haben oder gleich von seiner Mutter zur Schule geweckt zu werden. „Nino, aufstehen!" Aber es dauert nur kurz, ganz kurz, bis er das geschützte Reich des Schlafes erneut betreten hat.

Seine Kühlschrankhälfte ist so gut wie leer, für acht Euro beim Chinesen zu essen, ist einfach zu praktisch. Es kommt vor, dass die Freundin des zukünftigen Ingenieurs auch für ihn mitkocht, aber angenehm ist das nicht. Natürlich sagt er nicht Nein, aber Linda macht ihm dann immer ein schlechtes Gewissen. Sie bewegt sich wie ein Trampel – sie ist alles andere als dünn, wenn auch nicht unproportioniert, manche scheinen sie gerade wegen ihrer üppigen Maße attraktiv zu finden –, und wenn sie die Küche in Ordnung bringt, dann leise vor sich hin meckernd wie eine Tante, die das Spielzeug von Nichten und Neffen aufräumt oder das Wohnzimmer nach der ersten Party mit Alkohol. Sie tischt eine Amatriciana auf, und während sie Ninos Teller füllt, verhört sie ihn streng: „Kochst du dir nie irgendwas? Kaufst du nie was ein?" Nur dass es in Wahrheit ganz anders klingt, weil sie breitesten Dialekt spricht. Er reagiert nicht darauf, sondern grinst nur. Doch am liebsten würde er ihr sagen, „Ja, ich weiß, dass du gekommen bist, um deinen Schatz zu bekochen. Aber hundertfünfzig Gramm Nudeln mehr werden dich schon nicht umbringen. Außerdem geh ich sowieso gleich in mein Zimmer und lass euch zum Nachtisch allein." Nachtisch, von wegen! Der übliche Plastikpudding. Anschließend bekommt er in seinem Zimmer mit, wie sie unerträglich kichern, wie das Kichern manchmal hysterischer wird und verstummt – alles schon vorgekommen! Bis ein anhaltendes Stöhnen daraus wird, das sie zum Sofa treibt, als wäre das die totale Grenzüberschreitung – fragt sich nur, wessen Grenzen sie da eigentlich überschreiten wollen. Außer Nino ist sonst niemand in der Wohnung, und der lässt sich nicht davon beeindrucken, empfindet keinerlei Neid. Er wartet, bis sie fertig sind, geht dann in die Küche, holt sich ein Glas Wasser und bringt den Müll runter. Dabei wirft er ihnen einen ironischen Blick zu, der nicht böse gemeint ist, sondern nur dafür sorgen soll, dass sie wieder runterkommen. So nach dem Motto: „Ihr seid weder die ersten noch die letzten auf diesem Planeten, die Sex haben, also kriegt euch wieder ein." Nur in solchen Momenten fällt ihm auf, dass er keinen Fernseher hat – normalerweise montags oder dienstags, wenn er zu Hause ist – und dann muss er wieder daran denken, dass er bis vor drei, vier Jahren regelrecht videosüchtig war.

Laut mehreren Anekdoten, die er wunderbar erzählen kann, soll es schon früh Hinweise darauf gegeben haben, dass er sich zum Entertainer berufen fühlte. Doch es fällt schwer, ihn ernst zu nehmen, wenn er sagt, dass sein Opa – so ein Tüftler – einmal einen alten Röhrenfernseher auseinandergebaut, von jeglicher Technik befreit, wie einen Fisch ausgenommen und nur noch das Gehäuse samt Mattscheibe übrig gelassen hat. Dieses wurde dann auf einem fahrbaren Möbelstück in genau der richtigen Höhe befestigt, damit der noch keine elf Jahre alte Nino sein pausbäckiges Gesicht hinter die Mattscheibe schieben und seinen Eltern ebenso alberne wie sinnfreie Solovorstellungen geben konnte.

„Guten Abend, meine Damen und Herren, willkommen zu dieser neuen Folge aus dem Studio in der Via Carlo Pisacane, wir schalten jetzt gleich nach Paris für eine wichtige Meldung. Hallo, Paris, hört ihr mich? Es scheint da ein Problem zu geben, wir versuchen es später noch mal. Kommen wir nun zu den aktuellen Nachrichten." Über Abkürzungen und Namen stolpernd, die er noch nie zuvor gehört hatte – vor allem bei russischen wie Minsk, KGB, Medwedew – oder aber in einem höchst unpassenden Tonfall (völlig unbekümmert selbst bei den schrecklichsten Tragödien) sagte er dann die Meldungen auf, die er vom Teletext oder von Repubblica.it abgekupfert hatte. Die Zuschauer mussten durchaus Geduld mitbringen, wenn sie sich zwei Nachrichtensendungen hintereinander antun wollten – erst die chaotische Live-Sendung aus dem Wohnzimmer und dann die echte, die oft noch schlimmer war.

Die andere Anekdote, die Nino gerne erzählt, wäre was für den Psychotherapeuten – wenn sie denn stimmt. Um die Pubertät herum, so behauptet er, sei mit den Nachrichtensendungen Schluss gewesen. Der leere Fernseher übertrug nichts mehr, nur ein immer gleiches Programm ohne Worte, ein Farb-Testbild, bestehend aus der durch die Mattscheibe hindurchschimmernden Tapete. Irgendwann hatte sich der Opa dann dieses albernen physischen Beweises für das Ego seines Enkels entledigt. Der aber ging immer noch auf Sendung, wenn auch stumm und ohne Mattscheibe, setzte sein Programm noch einige Jahre fort, in unregelmäßigen Abständen, in Form eines geflüsterten Selbstgesprächs, wie mit einem eingebildeten Freund. Obwohl er dafür längst zu alt war (ihm wuchsen bereits die ersten Schamhaare), konnte er nicht damit aufhören. An sommerlichen Vormittagen, wenn er mit dem Rad die Garage umrundete und mit der Einkaufsliste der Mutter Besorgungen machte, begrüßte und verabschiedete er sein Publikum nach wie vor, „Herzlich willkommen, liebe Freunde von *Big Bang*" – „Was ist denn das für ein Titel, *Big Bang?*" – „Keine Ahnung, das ist mir einfach so eingefallen" –, um mit ihm in Kontakt zu bleiben, mit der kleinen Schar Zuschauer, die nur in seiner Fantasie existierten.

„Hast du dich damals sehr einsam gefühlt? Sei ehrlich!" – „Nö, gar nicht, wenn überhaupt wie alle anderen auch." – „Bist du dir sicher?"

Er schaffte es, sie zum Lachen zu bringen, indem er ihr ein Panino anbot. Teresa war pünktlich am Theater, als ich ihr über eine SMS mitteilte, dass ich länger brauchen würde. Der Grund war eine ellenlange Schimpftirade, die ein junger Mann aus meinem Kurs über sich ergehen lassen musste. Nino blieb, um ihr Gesellschaft zu leisten. Er hatte ein mit Omelett belegtes Panino im Rucksack – noch so eine von seinen wenigen Spezialitäten. „Willst du die Hälfte?" Teresa lächelte und unterdrückte ihren Ekel angesichts des altbackenen Brötchens, das den ganzen Tag in dem grauen Beutel gesteckt hatte, aus dem es soeben, wenn auch mit der Geste eines Zauberers, hervorgeholt worden war – ein weißes Kaninchen in Alufolie. „Und, magst du?", hakte er nach. Sie lehnte ein-, zwei-, dreimal ab. Beim vierten Mal nicht mehr. Nino hielt ihr das Brötchen unter die Nase, und sie biss ab. Nicht einmal sie hätte sagen können, warum. Ein winziger Bissen Brot mit Omelett, der ihr gar nicht mal so schlecht schmeckte, aber sie beließ es dabei und fing an zu lachen. Sie musste an einen Mitschüler denken, Zannoni, der aussah wie ein kleiner Bauer, und über den sich alle wegen seiner Opa-Hemden lustig machten – vor allem aber wegen seiner Riesenbrötchen, die er in der Pause hervorholte, eingewickelt in Frischhaltefolie und Papierserviette, und zwar mit einer rührenden Sorgfalt, zumindest sie empfand sie als rührend. Darauf befand sich Marmelade oder gekochtes Gemüse, was bei den anderen alberne, völlig unbegründete Heiterkeit auslöste. Zannoni verdrückte sich in eine Ecke und machte sich mit seinen großen Hasenzähnen an die Arbeit, ohne sich allzu sehr zu genieren, höchstens ein bisschen traurig und in Gedanken weit weg. Vielleicht traut er sich ja nicht, seiner Mutter zu sagen, dass sie ihn mit diesen Panini lächerlich macht, die im Vergleich zu Chips und Fertigsnacks einfach steinzeitlich wirken?, dachte sich Teresa damals. Aber vielleicht war das auch Quatsch, vielleicht wollte er das seiner Mutter gar nicht sagen, vielleicht war ihm das alles völlig egal. Eines Morgens ging sie auf ihn zu – sie, die fast noch nie ein Wort mit ihm gewechselt hatte – und nannte ihn beim Vornamen, obwohl er bei allen bloß Zannoni hieß: „Darf ich mal beißen, Marco?" Sie fand das einfach angemessen und außerdem nett. Er erwiderte nichts darauf, sondern lief nur rot an und hielt ihr das Brötchen wortlos hin, mit der noch nicht angebissenen Seite. Etwas Besseres hatte sie selten gegessen, nicht nur in der Pause, sondern generell. „Danke", sagte sie, „danke", nichts weiter, während er mit gesenktem Blick einen weiteren Bissen nahm.

Nachdem sie wieder ins Hier und Jetzt zurückgekehrt war, fragte Teresa Nino, wie der Kurs gelaufen sei – und zwar so, als wären sie uralte Freunde, worüber sie selbst staunte. „Gut", sagte er mit vollem Mund. „Ich muss mich erst noch eingewöhnen, aber ansonsten ganz gut. Du brauchst dir nicht einzubilden, dass diese sechzig-, siebzigjährigen Schüler nicht anspruchsvoll sind. Die haben ganz konkrete Erwartungen, und es gibt immer irgendeine supergriesgrämige Alte, die irgendwas einfordert, keine Ahnung was. Doch die meisten lassen sich zum Glück anleiten. Außerdem hab ich das Glück, dass deine Tante in den ersten Stunden mit dabei ist, sie beobachtet alles mit Argusaugen, mischt sich ein, korrigiert, wiederholt: ‚Jetzt bildet bitte einen großen Kreis und anschließend Paare. Führt einen stummen Dialog, lernt einander kennen, stellt euch so hin, dass ihr euch ins Gesicht schaut, als Nächstes Rücken an Rücken und dann wieder so, dass ihr euch das Gesicht zuwendet. Streckt die Arme aus, sodass sich eure Handflächen berühren.' Man schaut ihnen dabei zu, sieht, wie sie zunächst verwirrt sind, perplex, und sich dann Gesten erlauben, die sie bisher nie gemacht haben. Die Aufgewecktesten sind die, die Hunderte von Nachmittagen im Seniorenzentrum oder beim Tanztee hinter sich haben. Sie machen Scherze und bringen sich ein. Im Grunde ist diese Arbeit gar nicht mal so anders als die im Babyclub einer Ferienanlage. Man kann auch nicht behaupten, dass sie disziplinierter wären als kleine Kinder."

Als Nino *Babyclub* sagte, grinste Teresa, was ihm nicht entging. Er fragte nach: „Warum hast du gegrinst?" Da erzählte sie ihm unaufgefordert von ihrer Arbeit. „Ich hatte auch mal andere Träume, andere Ziele, aber dann ist es eben so gelaufen“, sagte sie ohne jedes Bedauern. „Jetzt schick ich andere auf Reisen und sorge dafür, dass es – wenn sie ein Hotel, eine Kreuzfahrt oder eine Woche Skiferien buchen –, auch einen Babyclub gibt, damit sie beruhigt aufbrechen können.“

Er ging zu Borri, der Buchhandlung im Bahnhof Termini, und dort schnurstracks zum Regal mit den Theaterstücken. Das Überfliegen der Titel genügte, um ihn zwei, drei Jahre zurück an einen Kneipentisch zu versetzen. Dort hatte er mit einem kalabresischen Freund, der gerade erst ins Tiburtina-Viertel gezogen war und noch die Kaution für eine Kellerwohnung aufbringen musste, die Komödien Goldonis gelesen. Damals diskutierten sie leidenschaftlich über die richtige Bühnenaussprache. „Wie würdest du das sagen? Heißt es ‚Rote Soße' oder ‚Rote Sose', mit scharfem oder mit weichem S?" Der Freund aus Kalabrien benutzte offene Vokale, Nino verschliff Konsonanten – ojemine.

Ihr saht beide aus wie junge Leute, von denen nicht viel zu erwarten ist – nach Schweiß stinkende Polyestersweatshirts, dazu der dichte Bart eurer Ururgroßväter aus dem 19. Jahrhundert. Eure Begeisterung für Fernsehserien hatte inzwischen nachgelassen, und ihr hattet Zeit, euch erstmals mit der Stanislawski-Methode zu beschäftigen. Während des Unterrichts bestürmtet ihr mich regelrecht mit Fragen zu der Figur, die ihr verkörpern solltet: Die wusste ich zwar an und für sich zu schätzen, aber wenn ich das mittlerweile sagen darf, waren sie einfach nur lächerlich. *Wohin geht Othello, wenn er mit dem Zweifel, der ihn erfasst, von der Bühne geht?*, fragt Stanislawski, und ihr: „Was ist das für eine Wut, die Mirandolina gegenüber Fabrizio hegt?"

MIRANDOLINA: Los, geht, und bereitet ein weiteres Eisen vor, wenn es heiß ist, bringt es mir. FABRIZIO: Gut, ich gehe. Aber eines könnt Ihr mir glauben, wenn ich den Mund aufmache ... MIRANDOLINA: Genug jetzt, sonst werde ich noch wütend. Mirandolina gab also an diesem fernen Nachmittag mit unwirschen Gesten vor, Unterwäsche zu bügeln und beschwerte sich über einen Wein aus Burgund, einen furchtbaren Wein aus Burgund, der ihr nicht bekomme. Der weiße Kittel Mirandolinas ließ ihre Brüste erahnen, woraus Nino schloss, das mit dem Bügeleisen verweise auf etwas anderes, allerdings ohne sich zu trauen, laut nachzuhaken. Andererseits war er sich so gut wie sicher. Dann fragte

MIRANDOLINA *[sich siegessicher umdrehend]* den Cavaliere: *Was wollen Sie von mir?* Der Cavaliere erwiderte: *Liebe, Mitleid, Erbarmen.* Nino hätte gesagt: „Dass wir heute Abend zusammen ausgehen." Worum er sie auch ohne große Umschweife bat, als sie sich den Mantel zuknöpfte. Mirandolina willigte ein und erwähnte beim zweiten Bier den Typen, mit dem sie in Rom was hatte, obwohl sie – „theoretisch", wie sie sich ausdrückte – noch mit einem aus Mailand zusammen war. Nicht direkt aus Mailand, sondern aus einem Kaff mit der Endung *-ano,* in dem sie noch nie gewesen war. Über diese Endung, die wortwörtlich auf den Arsch der Welt verwies, hatte sie ganz allein laut gelacht, mit weit aufgerissenem Mund und zuckendem Oberkörper, so als schluchzte sie. Darauf noch einen Schluck Tequila und anschließend weiterlachen! Zu diesem Zeitpunkt war Mirandolina für Nino nur noch ein heller Lichtfleck, eine fantastische Erscheinung, die erst vor dem Lokal wieder menschliche Züge annahm, als er nach wie vor noch ein wenig benommen, sie dagegen hellwach war. „Jetzt müsstest du mich eigentlich bitten, mit raufzukommen", sagte sie, und er roch ihre Fahne. „Ja, das stimmt." Er küsste sie. Zu Hause folgte das Übliche und darauf eine eher unübliche Enttäuschung, die nicht mal die Dusche fortspülen konnte – über etwas, das viel zu schnell, zu einfach und auch zu beliebig gewesen war. Er konnte sich nicht an das kleinste Detail ihres Körpers erinnern, weder am Tag danach noch jetzt, wo er vor der Kasse der Buchhandlung anstand.

Er kaufte *Falsche Geständnisse* von Marivaux, nachdem er mühsam nach dem Namen des Autors gefahndet hatte. Als er kurz reinblätterte, kam ihm der Text schwülstig, veraltet, manieriert vor. Ein Harlekin trat auf, Leute, die sich verbeugten und Pirouetten drehten: *Bitte nehmen Sie einen Augenblick in diesem Zimmer Platz, Monsieur; Mademoiselle Marton ist bei Madame und wird gleich kommen ...*

Aus der Ecke des Probenraums beobachtete ich sie, Nino und seine betagten Schüler. Da ist er, der junge Maestro, der sich schier zerreißt, um sich seine ersten Lorbeeren zu verdienen. Er gestikuliert, schwitzt, schwankt zwischen angemessener Ernsthaftigkeit und Albernheit. Er will gefallen, klar, und bei manchen Damen klappt das sofort, er ist der sympathische, gut aussehende junge Mann, selbst wenn er hässlich wäre. Der Abgrund, der sich zwischen ihrem und seinem Alter auftut, lässt sich nur durch ein Vertrauensverhältnis wie das zwischen Oma und Enkel überbrücken. Oder durch die leicht neckenden Bemerkungen, die die Schülerinnen zu dritt oder zu viert über ihn machen. Beschützerisch, anmaßend, übergriffig. „Hallo Mädels", begrüßen sie sich gegenseitig, und das klingt lustig, nicht so gewollt wie unter Fünfzigjährigen. Sie scheinen unterschiedlichen Arten anzugehören, Nino und Signora Perrotta, wenn sie sich an der Hand nehmen, zur Bühnenmitte gehen und improvisieren, vom Blatt ablesen, einen Dialog aus *Nora oder ein Puppenheim*. Er spielt Helmer, sie die Nora. Als Helmer Nora anfleht zu bleiben, sie bittet, nicht zu gehen und „Nora!" schreit, hat man den Eindruck, mit einer anderen Zeitdimension konfrontiert zu werden. Egal ob Multiversum oder Stringtheorie – Hauptsache, es ermöglicht eine Begegnung zwischen der heute, am 19. November 2012, siebzigjährigen Witwe Perrotta und ihrem jungen Ehemann, ihrem Mann wie er 1961 vielleicht, nein tatsächlich war, nachdem sie sich gerade das Jawort gegeben und die Hochzeitsnacht miteinander verbracht hatten, noch vor allem, was danach kam, vor allen Enttäuschungen. Er bleibt für immer und ewig so wie fünfzehntausend Tage vor seinem eigenen Tod. Signorina Perrotta dagegen ist es nicht gestattet, solche Berechnungen anzustellen. Sie ist ohnehin unauffindbar, verschwunden – wann genau? – hinter der erwachsenen, der alten Perrotta von heute Abend, wären da nicht ihre Augen (die immer noch genauso grün funkeln wie damals) und die Art, wie sie „mein Liebling" sagt, ja immer gesagt hat.

Würde man uns die verschiedenen Lebensalter ansehen, und zwar alle auf einmal, könnte Nino anders mit der alten Dame reden, die er jetzt vor sich hat, und in der Witwe Perrotta eindeutig die Signorina Laura erkennen, die noch so voller Hoffnung ist. Und sie, unmittelbar sie, bitten zu tanzen.

Eines Abends erwähnte Signor Giancarlo aus heiterem Himmel Salvo Randone und Vittorio Gassman. Er erzählte, er habe sie im Theater gesehen – wie viele Jahre sei das jetzt gleich wieder her? Einer habe den Othello gespielt und der andere den Jago, und zwar abwechselnd. Beide seien fast schon unheimlich gewesen in ihrer Genialität. Nino fragte, ob es davon auch was auf YouTube gebe, und jemand meinte, bestimmt, da finde man doch inzwischen alles. Signor Giancarlo wollte was von Nino dazu hören, vielleicht, um ihn auf die Probe zu stellen. „Wenn einer Schauspielunterricht gibt, sollte er bestimmte Dinge eigentlich kennen, oder etwa nicht?“ Nino erwiderte, dass er sehr wohl wisse, wer Gassman sei, er habe verschiedene Filme mit ihm gesehen – mit dem Senior ebenso wie mit dem Junior. Signor Giancarlo wurde ungehalten, er spreche selbstverständlich vom Senior. „Ich weiß“, sagte Nino. – „Ihr jungen Leute habt von nichts eine Ahnung, wo kommt ihr eigentlich her?“ – „Aus der Zukunft“, sagte Nino grinsend, aber Signor Giancarlo blieb ernst und sagte murrend, es sei nicht sehr schlau, sich mit seinem Unwissen zu brüsten, im Gegenteil, das sei einfach nur dumm. „Ich habe mich nicht damit gebrüstet“, erwiderte Nino. „Ich war bloß noch nicht erwachsen, als ein neues Jahrhundert angebrochen ist.“ – „Die Vergangenheit wirft man nicht einfach so auf den Müll“, beharrte Signor Giancarlo. Ich gab Nino ein Zeichen, er solle die Sache auf sich beruhen lassen, sie nicht unnötig in die Länge ziehen.

Mit dem Ergebnis, dass die beiden auch weiterhin Unterrichtsstunde für Unterrichtsstunde auf einander einhackten, und in der vorletzten vor Weihnachten wollte Signor Giancarlo von Nino wissen, was er von dem höchstwahrscheinlich bevorstehenden Rücktritt des Ministerpräsidenten halte. „Ich bin politisch nicht so auf dem Laufenden“, erwiderte Nino. – „Das ist ein Fehler, glaubst du, das zeichnet dich irgendwie aus?“ – „Nein, aber so ist es nun mal.“ Auf diese Art ging es noch eine ganze Weile weiter, während einer der Umstehenden versuchte, sie zum Aufhören zu bewegen, und sich die meisten am Panettone gütlich taten. „Du gehst mir auf den Sack." Den Satz hatten alle mitbekommen, trotzdem sagte ihn Signor Giancarlo noch mal: „Du gehst mir wirklich auf den Sack." Dann hielt er für einen Moment den Mund, während um ihn herum verlegen geschwiegen wurde. Er hatte den Blick eines enttäuschten Vaters, eines alten, überflüssig gewordenen, enttäuschten Vaters. „Aus Respekt vor Ihrem fortgeschrittenen Alter sage ich jetzt lieber nichts", meinte Nino, was die Sache nur verschlimmerte. „Zu meiner Zeit ...", hob der andere mühsam krächzend an, um dann genervt von seinen eigenen Worten zu verstummen. Nino ging, doch die Sache beschäftigte ihn noch länger. Was genau hatte das zu bedeuten? Wann, wo und warum hört die Zeit eines Menschen auf? Wie lange dauert sie? Und was war die seine? Er hätte gern mit Teresa darüber gesprochen und nahm sich vor, sie nach ihrer Meinung zu der ganzen Sache zu fragen, doch bei der zweiten Zigarette war sie immer noch nicht aufgetaucht. „Und Teresa?", fragte er, kaum dass ich das Gebäude verließ. „Sie ist erkältet", sagte ich. „Heute muss ich wohl oder übel den Bus nehmen."

Er wollte ihre Stimme hören. „Wie geht's?“ war zur Abwechslung mal eine echt dringende Frage. Es war nur eine Erkältung, na klar, eine blöde Erkältung! Trotzdem konnte er es sich nicht verkneifen, sie vor seinem inneren Auge heraufzubeschwören: in einem weiten Pulli (vielleicht ohne BH) und mit roter Nase. Er liebäugelte mit zwei, drei Varianten einer Nachricht, die er ihr über Facebook zukommen lassen wollte, und entschied sich für die lustigste. Dann wartete er. Keine Reaktion. Ihr Schweigen erklärte er sich mit eventuellem Fieber, zumindest anfangs. Die nächsten paar Stunden dachte er nicht mehr daran, aber irgendwann doch und war genervt. Als er sich am nächsten Montag davon überzeugen konnte, dass sie wieder gesund war, sagte er: „Du hättest ruhig antworten können.“ – „Worauf?“, wollte sie wissen. Sie kam ihm distanziert vor und war es auch. Er fühlte sich aufdringlich, plump, sodass er es aufgab. „Na gut, dann Frohe Weihnachten“, sagte er und ließ sie einfach vor dem Theater stehen. Insgeheim verwünschte er sie, bis ihm klar wurde, wie lächerlich er sich verhalten hatte. Er hatte so beleidigt reagiert wie ein kleines Kind! Und jetzt standen erst mal Ferien an, sodass er sie erst in zwanzig Tagen wiedersehen würde. Doch bis dahin würde er sich schon was ausdenken, um den Eindruck zu korrigieren, den er bei ihr hinterlassen hatte. Wie im Theater ist jeder Tag eine neue Herausforderung: Bis zur letzten Probe hat man immer noch die Möglichkeit, sich zu verbessern, sich nicht zum Deppen zu machen.

Dann kommt nach jeder Aufführung unweigerlich der Moment, wenn der letzte Applaus verklungen ist, wenn die Zuschauer aufstehen und sich unterhalten, darüber nachdenken, wo sie den Wagen geparkt haben und wo sie noch was essen gehen können, während man selbst hinter den Kulissen zurückbleibt – verschwitzt, erledigt und kurz davor zu weinen, nach wie vor unschlüssig, ob man nun zufrieden sein darf oder nicht. Dann schält sich wie aus Nebel ein Detail heraus, ein einziges – das, was am schlimmsten missglückt ist, was am peinlichsten war:

ein Überschnappen der Stimme. Ein verpatzter, gerade noch rechtzeitig hinterhergeschobener Einsatz. Eine Bewegung, die fließend hätte sein sollen, aber hölzern war, misslungen, absolut misslungen. Vielleicht hat ja niemand was gemerkt? Das macht es nicht weniger schrecklich. Nicht mal der Regisseur hat was gemerkt? Egal, inzwischen ist es ein Schandfleck, ein unauslöschlicher Makel. Ein weiteres Mal haderte Nino mit dem Paradox „*gut* spielen" – fast schon ein Widerspruch in sich, wenn man sich das Leben so anschaut. Denn ein bisschen spielt man immer, so gut man eben kann. Und nein, das bedeutet nicht nur, zu lügen wie Menschen, die Masken tragen, die sie eigentlich nicht tragen sollten, wie Menschen, die etwas verbergen, vertuschen, vor lauter Angst vor Entdeckung und Strafe. Jede unserer Handlungen hat etwas Theatralisches – das war ihm mittlerweile klar –, sei es nun eine bestimmte Pose, eine Art zu sprechen, zu gestikulieren, in einer bestimmten Erwartungshaltung das Gesicht zu verziehen. Wir reden hier nicht davon, ein Doppelleben zu führen, sondern nur von dem einen Leben, das wir haben: So gesehen spielte auch er Theater, schlechtes Theater, in der Szene, als er Teresa den Rücken zukehrt, sie einfach stehen lässt. Auch am Telefon, im Büro, im Schlafzimmer wird Theater gespielt, in der Regel auf eine höchst abgeschmackte Weise, das Vorstellungsgespräch ist nichts anderes als ein Theaterstück, der Schulunterricht, das besonders sorgfältig zubereitete Abendessen, das nach reiflicher Überlegung gewählte Outfit, nachdem man drei oder vier Kombinationen verworfen und auf dem Stuhl zurückgelassen hat. Es ist genauso wie im anderen Theater, im richtigen, nichts wiederholt sich genau gleich: ähnlich, das schon, aber niemals identisch, nichts wiederholt sich, und nichts hinterlässt Spuren. Alles existiert nur in diesem einen Moment und dann nicht mehr, dann verschwindet es, verdampft, es gibt keine Zeugen – nur das zahlenmäßig stark eingeschränkte, bewusst ausgewählte oder improvisierte Publikum, das man kurz um sich geschart hat wie das von Straßenmusikern, Jongleuren, Verrückten.

Der häusliche Streit (Gegenstände fliegen durch die Luft, Türen knallen) scheint sich einen Ehrenplatz unter den Pantomime-Vorstellungen verdient zu haben, doch in Wahrheit hat alles, was wir tun – vorausgesetzt, wir leben nicht gerade in einer Einöde – ein Publikum. Ein skeptisches, unruhiges, aufmerksames, bescheuertes Publikum. Das nichts anderes tut, als zu kommentieren, laut zu sagen, was es zu sagen hat, oder aber leise – demjenigen, der es eine halbe Stunde später weitergeben und mit deinen Gegnern über dich herziehen wird. Genau dieses Scheißpublikum hält uns am Leben, lässt uns wirklich leben. Es verleiht jeder unserer Bewegungen auf dieser Erde ein Gewicht, eine Bedeutung. Kann sein, dass man es gütig stimmt, aber wenn, dann nur kurz, man sollte sich also nicht darauf verlassen. Es ist wankelmütig, unvorhersehbar, immer kritisch, fast nie großzügig, aber eben notwendig. Wir alle bieten anderen ein Schauspiel.

Wenn er die Sache wieder einrenken konnte, wollte Nino es wenigstens versuchen. Aber warum eigentlich? Und was genau gab es einzurenken? Das wusste er selbst nicht so genau, aber eigentlich war es ihm auch egal. Es brachte nichts, sich zu viele Fragen zu stellen. Er würde bei ihr im Reisebüro aufkreuzen ohne zu behaupten, zufällig vorbeigekommen zu sein: Es genügte, sie zum Lachen zu bringen. „Stellst du mir eine Last-Minute-Reise zu Silvester zusammen?", würde er sagen. Er konnte sie schon von der Straße aus sehen, hinter der Glastür, hinter dem Tresen. Es war kein Kunde da, und sie hatte den Blick gesenkt, musterte ihre Unterlagen. Schon als Nino die Tür aufdrückte, war jedes Zögern überwunden; eine Glocke ertönte, und er sagte triumphierend: „Guten Tag, Teresa!" Sie schaute auf, nur mit den Augen, ohne das Kinn zu heben, zumindest nicht sofort. Sie lächelte verlegen, oder belustigt? So war zumindest sein Eindruck. „Willst du eine Reise buchen?", kam sie ihm zuvor und machte damit den Spruch zunichte, mit dem er sie hatte überraschen wollen. Doch noch gab er sich nicht geschlagen und konterte: „Was hätte ich sonst in einem Reisebüro zu suchen?" Ohne ihre Antwort abzuwarten, schickte er rasch hinterher: „Das mit neulich tut mir leid." – „Was denn?" – „Dass ich dir so eine Szene gemacht habe." – „Bist du nicht Schauspieler?", stichelte sie ironisch. „Doch", erwiderte Nino, „aber nicht jede Szene gelingt, selbst Top-Schauspieler können Fehler machen." Sie ließ ihm das letzte Wort und schlug dann einen ganz neuen Ton an: „Wo soll's denn hingehen?" Sie drehte sich um und zeigte auf die Karte an der Wand. „Dir steht die ganze Welt offen." – „Die Kunden, die vor mir hier waren – wohin hast du die geschickt?" – „Nach Disneyland Paris. Sie reisen am 27. an und kommen am 3. zurück. Na, was sagst du?" Sie nahm den Prospekt, überflog ihn kurz und erklärte, dass er ein Zimmer mit Weihnachtsdeko reservieren könne, wenn er das wolle. – „Wie, ein Zimmer mit Weihnachtsdeko?" – „Ist das denn so schwer zu verstehen?" Teresa seufzte. „Mit Weihnachtsbaum, Lichterkette und einem entzückenden Riesenplüschtier. Ach, ich hab noch was vergessen: Die Disney-Weihnachtsparade ist auch mit dabei!" – „Ich kann es kaum erwarten." – „Prima: ein Zimmer mit Kingsize-Doppelbett samt Fernseher mit lauter Disney-Sendern, einem köstlichen internationalen Frühstücksbüffet, Jacuzzi, Sauna und Dampfbad, das alles kostet für drei Tage fünfhundert Euro. Soll ich das für dich buchen? Vergiss nicht, dass das ein supergünstiges Angebot ist." Nino musste lachen. „Würdest du denn da hinfahren?" Fast hätte er „Würdest du mitfahren?" gesagt, konnte aber gerade noch gegensteuern. „Doch, ja", erwiderte sie, „da war ich noch nie." – „Sind wir nicht ein bisschen zu alt für Disneyland?" – „Nein", gab sie zurück und schwieg. – „Im Ernst, was hast du *tatsächlich* in den Weihnachtsferien vor?" – „Tatsächlich gar nichts." Sie erklärte ihm, dass es für sie das Schönste sei, mal kein Programm zu haben, die Nachmittage mit einer Decke auf dem Sofa zu verbringen und sich alte Spielfilme anzuschauen – die üblichen, die sie schon x-mal gesehen hatte, mit einem Tee oder einer heißen Schokolade, und die Atmosphäre zu genießen. „Oder magst du diese Atmosphäre nicht?" Nino blieb stumm. Er musterte sie so eindringlich wie ein Rebus-Rätsel, was ihr nicht entging. „Was ist?", fragte sie. Da erkundigte er sich nach ihren Plänen für Silvester, und sie sagte, das sei ihr nicht so wichtig, sie sei froh, wenn es endlich rum sei. „Es macht mich bloß traurig. Weihnachten ist mir deutlich lieber." Er hätte eigentlich sagen müssen, dass es bei ihm genau umgekehrt war. Stattdessen hakte er nach. Was sie denn so *Besonderes* am ersten Weihnachtstag mache, am 25. Dezember – ein Tag, der sich für Nino eher hinzog wie Kaugummi. – „Was sollte ich da schon Besonderes machen? Was macht man so an Weihnachten? Man feiert mit der Familie und geht in die Kirche", sagte sie ernst. „Was sonst?"

Er musterte sie länger als angebracht, und wieder entging es ihr nicht. „Was hab ich jetzt schon wieder gesagt?" – „Nichts." Er lächelte. Trotzdem fand er sie rätselhaft, undurchschaubar, befürchtete schon, dass sie ihn auf den Arm nahm. Fest stand nur, dass sie anders war. Aber wie anders? Arrogant-anders, Arschloch-anders, durchgeknallt-anders? Noch war es zu früh, das zu sagen. Ob es sich lohnte, es herauszufinden?

Das fragte sich Nino den ganzen Abend und auch noch am nächsten Morgen nach dem Aufwachen, als er sich ins Einkaufsgetümmel stürzte, um die letzten Weihnachtsbesorgungen zu erledigen – und zwar mit dem Plan, der fixen Idee, auch ein Geschenk für sie zu erwerben. Du spinnst ja!, sagte er sich, während er auf der Suche nach Inspiration schaufensterbummelte, das ist doch einfach nur bescheuert! Er musste eine Kleinigkeit finden: nichts Übertriebenes, etwas, das sie an eine kleine Aufmerksamkeit denken ließ, sonst nichts. Vor allem durfte es keine zweideutige Botschaft aussenden. Was, wenn sie glaubt, ich will sie anmachen? Besser, ich lass es bleiben!, dachte er während er die Verkäuferin um ihre Meinung zur Farbe des Schals bat, den er für Teresa ausgesucht hatte. Ein Schal! Was für ein banales Geschenk, Nino! Ein Schal ist wirklich der letzte Strohhalm, wenn einem sonst gar nichts mehr einfällt. Er nahm sich Folgendes vor: Am Montag, den 7. Januar, würde er vor dem Theater auf ein Zeichen warten – auf ein Frösteln, ein Händereiben – und zack! den Schal hervorziehen, hervorzaubern. Ein *coup de théâtre!* Er würde ihn ihr um den Hals legen und so was sagen wie „Noch nachträglich Frohe Weihnachten!"

Dann geschah etwas Unerwartetes. Am Nachmittag des 24. – seine Mutter hantierte am Herd, im Wohnzimmer hing schon Frittierqualm – lag Nino auf dem Sofa und schrieb Weihnachtsgrüße im Akkord. *Frohes Fest, Dir auch ein Frohes Fest, wunderschöne Weihnachten:* ein sinnloses Hin und Her ohne jedwede emotionale Beteiligung, das ihn bloß nervte. Die x-te lustlose Nachricht an Leute, denen er nichts, aber auch nicht das Geringste zu wünschen hatte, war noch nicht fertig formuliert, als die Meldung auftauchte: *Teresa Campoli hat dir eine Nachricht geschickt.* Bisher war *Hallo, Nino* zu lesen, was schon mal bedeutete, dass es keine Gruppennachricht war. Es ging weiter wie folgt: *Ich wünsche dir, dass du in diesen Tagen eine Glocke in dir läuten hörst* und endete mit *Ciao, Teresa.* In vier Minuten änderten sich Ninos Gefühle drei Mal abrupt. Zuerst war er selbstzufrieden: Schau mal einer an! Dann genervt – das mit der Glocke, das bescheuerte Ciao, was wollte diese Frau? Und schließlich nervös: Was sollte er darauf antworten? Und wann? Jetzt gleich oder was? Er legte das Smartphone weg, ging in die Küche, stibitzte frittierten Stockfisch von der Servierplatte und wartete darauf, dass seine Mutter „Finger weg!" sagte, was sie prompt tat. Er machte sich noch mal die Finger schmutzig, und in diesem Moment läutete es. Es war die Ofenuhr. Nino musste laut lachen. „Was gibt es da zu lachen?", fragte seine Mutter. „Nichts", erwiderte er mit vollem Mund, „das Läuten!"

Es ging ihm den ganzen Abend nicht mehr aus dem Kopf, während er in der Küche mit Onkeln und Cousins Karten spielte, und die Zeit vor vier, fünf, zehn Weihnachten stehengeblieben zu sein schien – dieselbe Dunkelheit, die den Garten einhüllt, dieselben Krippenlichter, die nebenan im leeren Wohnzimmer blinken, derselbe in den Wollpullis hängengebliebene Essensgeruch – heute wie damals, dazu die vom Wein und der Wärme des Ofens hochroten Wangen. Tja, mein lieber Herr Scrooge, es ist Weihnachten, in diesen Breitengraden kann man das unmöglich ignorieren. Du hast immer behauptet, dass du nicht viel damit anfangen kannst, aber es genügte, dass Mitternacht näher rückte, dass dein Onkel zuverlässig fragte, „Hast du ein Gedicht vorbereitet, Nino?" und du zuverlässig vorgabst, auf einen Stuhl zu klettern. All das genügte, um dich diesmal gerührt daran zurückdenken zu lassen, wie du damals als Weihnachtsbaum verkleidet in der Schulaula standst – mit brauner Strumpfhose, grünem Hemd und Pappästen, das Mikrophon orange, der Ständer gelb. *Es war einmal ein Weihnachtsbaum / der ging zum Zug, man glaubt es kaum* ... Und in diesem Moment sagtest du: „Ja, ich hab eines vorbereitet" und stiegst zur Belustigung deines Onkels, ja sogar deiner Mutter tatsächlich auf einen Stuhl. „Du bist ja völlig übergeschnappt", sagte sie, während du, stocksteif auf dem Stuhl stehend, fehlerfrei aufsagtest: *„Mit einem Zweig nimmt er's Gepäck"* – „die Geste, Nino, vergiss nicht die Geste!", so seine Lehrerin Rosanna damals – *„und macht sich hastig auf den Weg. Er will zum Monte Bianco mit dem hohen weißen Hut / doch vorher liegt er im Abteil, denn er ist so kaputt. / Da ruft ein Reisender nach dem anderen um die Wette / ‚Bitte mach sie aus, die Lichterkette!'"* Eine fast schon traurige Geschichte nimmt ihren Lauf, von einem Weihnachtsbaum, der seinen Brüdern erzählt, wie er bei den Menschen von starkem Heimweh gepackt wurde. *„‚Ich hab dann doch die Berge und Sterne gewählt, die Märchen, die mir der Wind erzählt'"* – hier versagte Nino ein wenig die Stimme, ohne dass es jemand bemerkte, und er sprach weiter. – *„‚Aber die Lichterkette, die brauchst du doch nicht?' – ‚Damit schenk ich im Winter den Vögeln das Licht.'"* Als er vom Stuhl heruntergestiegen war, erfasste ihn eine Art Schwindel, und er fiel in ein winziges Raum-Zeit-Loch, in dem, wie die Krippenbeleuchtung nebenan, die Lichter der Karussells, der Vergnügungsparks und die Schulranzen wieder-aufblitzten – in einem Meteoritenregen aus der Kindheit: Es war, als leerte jemand die Kartons mit dem Kinderspielzeug, die schon seit zehn Jahren im Keller standen, über ihm aus.

Auf diese Weise stellte er fest, dass man sich von der Kindheit nie ganz befreien kann. Er hatte sie noch nicht lange hinter sich gelassen, aber dafür so schnell es ging, und es gab eigentlich keinen Grund, wieder damit konfrontiert zu werden. Außerdem hatte er sie in den letzten Sommern wie einen alten Hund gründlich unter der großen Platane beerdigt, indem er allein und in der Gruppe heimlich wie wild geraucht, geflucht und geprahlt hatte. Und während damals Eltern und Großeltern auf dem Balkon frische Luft schnappten oder vor dem Fernseher einnickten, übten sich die Kinder bei den Rutschen, wo sie erst seit Kurzem nicht mehr spielten, im Küssen. Die Größeren der Clique (woanders Loser) gaben vor den Jüngeren mit Dingen an, die sie noch nie gemacht hatten. Mit ihren gelben Muskelshirts waren sie dicke, phosphoreszierende Insekten, Botschafter aus einer ebenso faszinierenden wie verdorbenen Welt. ANGEBER 1 zu ANGEBER 2: „Und, hast du wieder ne Neue gefickt?“ ANGEBER 2: „Doch, ja.“ ANGEBER 1: „Im Zelt?!“ ANGEBER 2: „Logo.“ Nichts als Theater, selbst hier, wenn er den anderen – „Wow, Leute!“ – anschließend detailliert beschrieb, was man in diesem Moment so empfindet. Es hörte sich an, als hätte er eine vollkommen schwachsinnige Version von *Gray's Anatomy* zurate gezogen. Sobald jemand seine Schilderungen in Zweifel zog, entrüstete sich ANGEBER 2: „Pass auf, sonst fick ich auch noch deine Schwester“ – und es wäre wirklich lustig gewesen, ihn bei dieser Aktion zu beobachten, denn Lucas Schwester studierte Medizin und hätte ihn bestimmt über die männlichen Geschlechtsorgane aufklären können. In ihrer Gegenwart wäre er wieder zu dem dummen, ignoranten Dreizehnjährigen geworden, der sich für nichts interessierte außer dafür, dass seine Frisur richtig saß. In ihren nach wie vor mit Matchboxautos vollgestopften Zimmern wurden diese Mutanten erst im Schlaf wieder unschuldig, im Schlaf eines Kindes.

Der Schlaf nach Heiligabend war herrlich erholsam. Nino wachte spät auf und schaute aus dem Fenster, doch nicht einmal der Regen konnte ihm die gute Laune verderben. Von allen Glückwünschen entlockte ihm ausgerechnet der seiner ältesten Schülerin ein Lächeln. Die hatte ihren Weihnachtswünschen hinzugefügt: *Wie bereits gesagt, ich bin zuvielsichtig, dass im neuen Jahr als gut wird.*

Zuvielsichtig? Wie viele in ihrem Alter war sie mit der Technik noch nicht richtig vertraut. Dennoch konnte man ihre Sorge erahnen, die Nino bereits versucht hatte zu zerstreuen, nämlich dass die ständigen Auseinandersetzungen mit Signor Giancarlo die Zukunft des Kurses gefährden könnten. Ach was! Nein, nein, Signora Zuvielsichtig, soll ich dir mal was sagen? Es ist Weinachten, und da bin auch ich versöhnlicher gestimmt. Deshalb greif ich zum Telefon und melde mich beim guten alten Giancarlo.

„Hallo, Signor Giancarlo? Ja, ich bin's, Nino." – „Nino?" – „Ja, der mit dem Theaterkurs." – „Ach so, Nino." – „Ja, ich wollte Ihnen nur Frohe Weihnachten wünschen." – „Danke, das wünsche ich dir auch. Und, hast du das gesehen?" – „Was denn?" – „Der Ministerpräsident ist doch noch zurückgetreten." – „Ja, das habe ich mitgekriegt." – „Und, was sagst du dazu?" – „Ich find das gut", preschte Nino vor. „Ich auch", erwiderte Signor Giancarlo und begann zu lachen. – „Auf Wiederhören, Signor Giancarlo." – „Auf Wiederhören, Nino, bis im neuen Jahr."

Stolz und zufrieden aß er genüsslich zu Mittag und stieß mit freudigem Übermut an, wobei die Gedanken öfter als gedacht zu ihr eilten. Er war noch ganz schläfrig vom Essen, als Canale 5 *Die 12 Weihnachtsdates* brachte, und während ihn dieser zuckersüße New York-Kitsch seltsamerweise kein bisschen nervte – ihm aber auch nicht gerade dabei half, wach zu bleiben –, während Jack und Kate also ihr viertes oder fünftes Weihnachtsdate haben (er hatte den Faden verloren), sprich wenn Jack Kate bittet, zu warten und einen Kaffee mit ihm zu trinken, während sie von einem übernatürlichen Leuchten umgeben sind, da beschloss er, ihr zu schreiben. Der Gruß fiel kurz aus, er tippte so was wie *Endlich habe ich die Glocke läuten hören* und fügte einen Smiley hinzu, um anschließend zu warten. Ohne jede Nervosität. Auf einmal fand er, dass er wirklich ein echt schönes Weihnachten gehabt hatte.

Gegen Ende des Films schlief Nino ein, und der Schlaf trug ihn über die Zeit fürs Abendessen hinaus. Das Aufwachen fühlte sich an, als wäre er mit neun wiedergeboren worden. Weil der Weihnachtsbaum nach wie vor neben ihm funkelte. Weil es so schön warm war unter der weichen Decke. Weil seine Mutter fragte, ob er Lust auf eine Tasse Milch oder Tee habe. Verschlafen begann er darüber nachzudenken, was ihn inzwischen alles von seinem neunjährigen Ich trennte, aber ohne jede Wehmut. In diese Lebensphase zurückkehren zu wollen, wäre so wie bei einem Videospiel auf Level 1 oder 2 zurückzufallen, nachdem man längst Level 10 erobert hat. Das hatte was mit Mathematik zu tun, damit, dass man Abstriche macht, von einer Gesamtmenge etwas abzieht – aber was eigentlich? Den Aprilnachmittag zu Hause bei seiner Oma, als er auf der Toilette gewesen war und zugesehen hatte, wie sein Sperma heruntergespült worden war? Den ersten Kuss mit geschlossenen Augen hinter der Schule? Die erste aufregende, wunderbare Zigarette, den ersten Joint, das erste heldenhafte Besäufnis und alle, die noch darauf folgen sollten? Aber würde das überhaupt genügen? Es war doch noch so viel mehr passiert! Beweis gefällig? Bitte sehr.

Frohe Weihnachten, so lautete die Nachricht, *hättest du mir schon wünschen können.* Sie stammte von der jungen Frau aus Westbourne Grove. Wie immer bekam Nino bei ihr sofort ein schlechtes Gewissen: Sie waren nicht mehr zusammen, er rief sie nicht an und sie ihn auch nicht, trotzdem hatte er das ungute Gefühl, sich nicht korrekt verhalten, die Sache nicht wirklich anständig beendet zu haben. So als genügte es, fortzugehen, um jemanden zu verlassen. Aber das genügt nun mal nicht. Es ließ sich nicht einfach so wegwischen, dass sie mit geschulterten Rucksäcken Händchen gehalten, gemeinsam auf das Gepäck gewartet hatten ... Diese Momentaufnahmen erzählten etwas von ihrem gemeinsamen Leben. Sie ließ sich nicht einfach so wegwischen, die Verzweiflung an dem Nachmittag, an dem sie in London zusammengezogen waren: Die Wohnung wirkte schmutzig, feucht, die Duschwanne war verkalkt und wies gelbe Flecken auf. „Ich glaub, ich hab Fieber", sagte sie, darauf er: „Du hast nichts!" – wütend, ängstlich, mit dem noch nie dagewesenen, irritierenden Gefühl, dass jede ihrer Launen von nun an auch ihn etwas angehen würde. Er konnte sie nicht ausblenden, zumindest nicht für lange: „Nino, ich fall gleich in Ohnmacht. Nino, lass uns wieder heimfahren. Nino, bitte ruf einen Arzt."

Vor lauter Grübeln, was er ihr antworten sollte, war es fast schon Silvester. Er konnte auch einfach mit dem Grübeln aufhören. Trotzdem ließ ihn der Gedanke nicht los: Kann man einem anderen Menschen, den man verlassen hat, positiv in Erinnerung bleiben? Ist eine Beziehung vorbei, wäre es doch besser, wenn das Tonband, mit dem man die ersten und letzten Sätze aufgenommen hat – die gefühlsduseligen, feierlich vorgetragenen Worte der Verliebtheitsphase, den Moment, wenn sie am Telefon ersterben, wenn die Stimme des anderen noch eine Überraschung ist, und alles andere, das Flüstern, das Luftholen nach fünfzehnminütigen Zungenküssen, die Geheimnisse, die man einander anvertraut, aber auch diejenigen, die man anschließend bereut, die Sätze, die man weinend oder im Liebesrausch sagt, ja sogar die Ratschläge, die man gibt, ohne die Folgen zu berücksichtigen – nun, dann wäre es doch besser, all das würde gelöscht, und das Band wäre wieder wie neu, ließe zwei intakte Fremde zurück, ohne dass der eine für den anderen Verantwortung trüge. Im Grunde belastete ihn weniger die Vergangenheit, die er irgendwann endgültig aussortieren würde wie ein abgetragenes Paar Schuhe, als vielmehr die Zukunft. Nicht weil er eifersüchtig gewesen wäre, das nicht (um ansatzweise so etwas wie Eifersucht spüren zu können, musste er sich auf ein Bild, auf ein ganz bestimmtes Bild und zwar *einzig und allein darauf* konzentrieren). Sondern weil er Angst hatte – Angst davor, er, der nur kurz Teil ihres Lebens gewesen war und sich bald wieder verabschiedet hatte, könnte einen bleibenden Schaden bei ihr hinterlassen haben. Quatsch!, beruhigte er sich, sie ist zwanzig, nimm dich nicht so wichtig! Doch allein bei der Vorstellung, er könnte ihr auch nur eine einzige, unauslöschliche Narbe zugefügt haben, drohte ihn das schlechte Gewissen schier zu erdrücken.

Bei all dem Grübeln verpasste er die Haltestelle: Er musste am Piazzale Prenestino aussteigen, fuhr aber fast bis zur Piazza dei Gerani. Da fiel ihm ein, dass er noch nie an der Piazza dei Gerani ausgestiegen war. Sie lag im Centocelle-Viertel, aber der Name hätte genauso gut einem *Lustigen Taschenbuch* entstammen können. In Entenhausen gab es bestimmt einen „Geranienplatz“ unter einem stets wolkenlosen Himmel. Er nahm die Straßenbahn in die Gegenrichtung und setzte sich hinter eine Frau mit asiatischen Zügen. Die skypte den Tränen nahe mit einem kleinen Mädchen und winkte ihm mit der Hand zu – so mechanisch wie ein Metronom-Pendel.

Die Idee, die du mit zwei Freunden in einer Kneipe an der Via Pigneto besprechen wolltest, war gar nicht mal so schlecht. Trotzdem saht ihr aus wie eure eigene Karikatur: die Bärte, die großen Brillen, das Feierabendbier vor euch auf dem Tisch, der Tabak zum Selberdrehen. Tommaso wird gleich zum Fußballspielen verschwinden, er gestikuliert heftig, mit der Rechten fischt er immer wieder das Smartphone aus seiner Jeans, schaut darauf und verstaut es anschließend. Lorenzo steht kurz davor, seine Magisterarbeit in Japanologie über Miyazaki fertigzustellen. Er erzählt, dass ihm nicht mehr viel Zeit bleibt, er aber mit den Gedanken ganz woanders ist – bei einer jungen Frau aus Messina, die er auf der Straße kennengelernt hat, und nach der er ganz verrückt ist. So oft es geht, ist er bei ihr, sie haben einfach nur Sex, ohne sich das kleinste bisschen zu unterhalten. „Jetzt lasst euch bitte nicht ablenken!", sagt Nino, „Ich will nicht, dass wir wie sonst auseinandergehen, ohne etwas beschlossen zu haben." – „Und, wie läuft's bei dir mit den Frauen?", fragen die anderen. „Kommt schon!", erwidert er und bleibt ernst. Es gibt da eine, an die ich ständig denke!, müsste er eigentlich gestehen, doch er sagt nichts, sondern wendet den Blick ab, was den anderen nicht entgeht. „Also: Wir müssen uns einen Namen für den YouTube-Kanal ausdenken – einen witzigen, einprägsamen. Das erste Video drehen wir in zwei Wochen auf dem Bruschettafest von Casaprota. Jeden Sonntag kommt ein weiteres dazu, vom Polentafest in Villa Santo Stefano, vom Bohneneintopf-mit-Wurst-Fest in Riano, bis wir dann im Januar mit dem Grillfest von Camerata Nuova aufhören. Alles muss in drei Minuten untergebracht werden: unsere Gesichter, die von den Leuten auf dem Marktplatz, möglichst mit vollem Mund, das Gefallenendenkmal, das Feuerwerk, die Gruppentänze, die Prozession, die Fressstände, die Schießbude, die Blaskapelle. Die Herausforderung besteht darin, die Leute zum Lachen zu bringen, es muss surreal wirken – der Zwanzigjährige, der zuschaut, soll sich fragen, ob das, was er da sieht, echt oder nur gespielt ist.

Außerdem soll er Lust bekommen zu gucken, wo wir als Nächstes aufschlagen werden, und ob wir was Lustigeres entdecken als Omero, den dunklen Ritter aus Poggio Bustone oder die Frau, die Salami in Herzchen-, Kaninchen- oder Minniemausform verkauft („Wir haben auch Bresaola vom Schwarzen Schwein, die hat sonst niemand").

Wir müssen Italien vorführen, Jungs: diese kaputtgegangene Zeitmaschine. Egal, wo man hinkommt, man stößt immer auf etwas Gestriges, auf das Jahr 1950, auf die Oma mit der Strickjacke, auf Sonntagsgebäck, die Boccia-Bahn, das Patronatsfest, auf echte oder nur behauptete Wunder. Die Moderne hat nie Einzug bei uns gehalten, nicht wirklich." – „Hört, hört!", sagen die anderen, um ihn aufzuziehen. „So wie du redest, solltest du in die Politik gehen", schickt Tommaso hinterher, der, wenn er kann, an den Sit-Ins der Fünf-Sterne-Bewegung teilnimmt. „Schluss jetzt!", regt Nino sich auf, „ihr habt mich nicht verstanden. Es genügen ein paar krasse Momentaufnahmen und ein Schnitt, der jeden umhaut. Statt vom eigenen Zimmer aus Videospiele zu kommentieren oder auf dem Klo rumzufurzen, haben wir wirklich was zu erzählen! Natürlich ergänzt um schräge Visagen, durchgeknallte Blicke und alberne Scherze. Man muss die Leute zum Lachen, aber eben auch zum Nachdenken bringen." – „Tun wir einfach so, als wären wir Außerirdische, die auf dem Lammspieß-Planeten landen", wagt Lorenzo sich vor: „Gekleidet wie Hipster und mit supergestylter Frisur unterhalten wir uns mit alten Omis, während die Panini belegen – so als würden wir zwei unterschiedliche Sprachen sprechen, als würden wir sie zum allerersten Mal sehen. Allein wie sie sich mit dem bemehlten Handrücken beim Teigkneten über die Stirn wischen, mit wie viel Kraft sie unaufhörlich in der Polenta rühren! Und dann die blecherne, leicht vulgäre Stimme der Schießbudenbetreiber ... die Kirchengesänge ..."

Es wird schlagartig dunkel, in der Ferne sind die ersten Böller zu hören, während der Alltag zum Stillstand kommt. Es dürfte ein Montag sein, aber in diesem Augenblick, an einem trägen Silvesterabend, ist sein Name, sein Sinn und Zweck vergessen. Die Geschäfte schließen früher, es herrscht keinerlei Hektik, stattdessen bereitet man sich sorgfältig auf den Countdown vor. Aus dem Duschdampf der heimischen Bäder tauchen menschliche Wesen auf, die davon überzeugt sind, ein einigermaßen vernünftiges Verhältnis zum Verstreichen von Zeit zu haben: Der Spiegel zeigt heute Abend ein tröstliches Bild, die große kollektive Party wiegt nicht so schwer wie ein Geburtstag jenseits der vierzig.

Ich sehe sie vor mir, sie haben die Gesichter ehemaliger und aktueller Schüler. Die junge Frau von damals, die sich so sehr für die Stücke einer Sarah Kane begeistern konnte, sitzt auf dem Wannenrand, rasiert sich und eilt gedanklich schon mal zum Anbruch des nächsten Tages voraus, wenn sie sich verschwitzt, verstrubbelt und erschöpft vom vielen Tanzen und Trinken für jemanden ausziehen wird, den sie in diesem Moment noch nicht kennt. Der Fünfzehnjährige, der so gut darin ist, andere nachzuahmen und der das erste Mal allein Silvester feiern darf, reckt vor dem Spiegel das Kinn erst nach rechts und dann nach links, überprüft den Sitz seiner Frisur. Es steht eine lange, vielversprechende Nacht bevor. Dann gibt es auch noch solche, die weit wegfahren, in den Schnee, an einen Strand ohne Winter. Unter dem Deckmantel von Skiferien mit Freunden verbringen Matteo und Jacopo, die schon das zweite Jahr meine Schüler sind, ihren ersten Liebesurlaub. Für sie wird Silvester ein Neubeginn sein, der nichts mit dem Kalender anderer Leute zu tun hat, das Verstreichen von Zeit hat nichts zu bedeuten, weht sie kein bisschen an.

Und dann gibt es da natürlich noch die, die wie ich vorgeben, dem Jahreswechsel gleichgültig gegenüberzustehen. Nachdem ich Weihnachten im Kreis der Verwandten hinter mich gebracht habe, erzähle ich jedem, der mich fragt, was ich an Silvester mache, etwas anderes – und nichts davon ist wahr. Ich schicke einen spöttischen Satz über Massenhysterie hinterher, über Spaß um jeden Preis – Allgemeinplätze, die jedes Mal aufs Neue den Groll der Ausgeschlossenen verraten. Aber ausgeschlossen durch wen? Etwas muss zurückgeblieben sein – eine kleine, weit zurückliegende Narbe von einer Party im letzten Jahrhundert, am Ende des Schuljahrs 1966–67, als ich zufällig feststellte, dass ich zur winzigen Gruppe der Nichteingeladenen gehörte. Es goss in Strömen, die Party sollte im Freien stattfinden: Während ich stündlich den Himmel absuchte, um mich davon zu überzeugen, dass immer noch tief hängende, dunkle Wolken zu sehen waren, empfand ich eine noch nie da gewesene Freude bei der Vorstellung, wie durchweicht die Sommerkleider und die neuen Schuhe der Mädchen sein würden.

Nino eilte die Via Orlando hinunter, als ihn zwei riesige schwarze junge Männer mit „weißer Bruder" ansprachen und versuchten, ihm ein Buch zu verkaufen. Er lächelte, tat so, als läutete sein Smartphone – „Entschuldigt bitte!" – und zeigte mit der anderen Hand darauf. An der Ecke zur Piazza della Repubblica streckte eine am Boden kauernde Alte die Arme nach ihm aus und gab unverständliche Laute von sich. Nach wenigen Schritten fragte ihn etwas mehr in Bahnhofsnähe eine weitere Alte – klein, mit einem silbernen Kruzifix um den Hals und Pantoffeln an den Füßen – nach der Via Merulana. Er begann ihr den Weg zu erklären, als ihn die Frau unterbrach: „Du redest zu schnell, mein Junge." Danach sagte sie aus heiterem Himmel: „Ich bin Padre Pio geweiht." Nino ging davon aus, dass sie ihn ebenfalls um Geld bitten würde – eine von zahllosen Almosensammlern, zu denen auch Leute um die Zwanzig zählten. Leute in seinem Alter, die sich notgedrungen bei irgendeiner Hilfsorganisation verdingten, Logowesten mit aufgesetztem Mitgefühl. Stattdessen schaute ihm die Frau direkt in die Augen und fragte: „Kennst du Pater Gabriele?", als wäre es das Selbstverständlichste von der Welt. Um sie nicht zu enttäuschen, sagte Nino „Ja, klar", woraufhin sie fortfuhr: „Jeden letzten Samstag im Monat trifft sich der Pater mit jungen Leute zu einem Gebetskreis, jemand wie du sollte da auch mit dabei sein. Ich heiße Maria und du?" – „Nino." – „Also dann, ich zähl auf dich, Nino, immer am letzten Samstag im Monat, vergiss das nicht." Nino nickte, lächelte, wandte sich ab und dachte halb mitleidig, halb wütend, dass das auch bloß wieder eine arme, alte Irre war. Er hatte das noch nicht zu Ende gedacht, als er sich auf der Piazza dei Cinquecento einem großen jungen Mann mit Sakko, Krawatte und rosa Hemd sowie zwei Kostüm tragenden Frauen mittleren Alters gegenübersah, daneben ein Stand mit Broschüren, die Titel trugen wie *Was lehrt die Bibel wirklich?* Heute war echt nicht sein Tag! Kaum war er an ihnen vorbei, drehte er sich um, nur um zu gucken, ob jemand bereit war, stehen zu bleiben. Bisher nicht, zum Glück, bisher kein Einziger. *Die Wahrheit über Gott* las er auf einem Plakat. Dass es ihn gar nicht gibt!, sagte er sich grinsend. Er konnte Leute, die einen bekehren wollen, einfach nicht ausstehen. Ihn nervte schon der Anblick ihrer bräsig-beseelten Gesichter, die eine Gelassenheit zeigten, die nichts als Stumpfsinn war. Mit ihrem übertriebenen, freundlichen Lächeln schienen sie sagen zu wollen, dass man gerade noch rechtzeitig dran war: „Das alte Jahr geht zwar zu Ende, aber im neuen könnte alles besser laufen, und das wird es auch: Wenn du dich nur bekehrst."

Das Silvesteressen zu Hause mit Freunden und Bekannten war ein einziges Hin- und Herreichen von roten Plastiktellern. Die Linsen waren kalt und matschig, der Sekt grauenvoll. Die meisten stürzten sich auf den Russischen Salat. Nino unterhielt sich die ganze Zeit über mit einem hageren jungen Mann, der einen fahlen, kränklichen Teint hatte. Er schien sich bestens mit YouTube auszukennen, mit Aufrufen und optimierten Tags. Doch nach den ersten zehn Minuten langweilte es ihn, ihm weiter zuzuhören, sodass er sich suchend umschaute und die Sätze anderer aufschnappte. „Nach zwei Jahren Griechenland orientiere ich mich jetzt eher nach Kroatien ..." (Leute, die sich jetzt schon Gedanken über die Sommerferien machten ...), „... am Freitag um halb vier, spätestens um vier, verlass ich das Büro, egal, was passiert ..." (eine vorsichtige Anmache, bei der es um die jeweiligen Arbeitszeiten ging), „... bei den zwei Toren hintereinander von Lamela und nach dem von Burdisso und Osvaldo wurde mir ganz schlecht" (Anmerkungen zum letzten AS-Rom-Spiel vor Weihnachten), „... wenn die Spiele gut ausgehen, ändert sich seine Laune, und er kriegt Lust ..." (das Sexualleben von Fußballfan-Freundinnen).

Gegen eins betrat er einen supervollen Club und bekam mit, wie sich die Garderobenmädels im Eingangsbereich mit vier Typen stritten, weil diese unbedingt ihre Sachen abgeben wollten, obwohl kein Platz mehr da war. Sie mussten sich damit zufriedengeben, sie auf einen Hocker zu legen und zusehen, wie sie zu Boden rutschten. Als er um viertel vor drei versuchte, seinen eigenen Mantel zu finden, bat ihn eine junge Frau beim Zutagefördern einer Pelzjacke um Hilfe. Die junge Frau war sehr hübsch und völlig überdreht. Eine von diesen perfekten Schönheiten, die nachmittags in Dreier- oder Vierergrüppchen über den Piazzale Ponte Milvio flanieren. Während er im Kleiderberg wühlte, starrte er ihr auf Beine und Hintern. „Du wirst sehen, sie taucht gleich auf", sprach er ihr Mut zu, „wenn du willst, leih ich dir meine solange". Sie lächelte ebenso kokett wie dankbar. „Ich geh nur schnell eine rauchen und komm dann wieder." – „Ich begleite dich", erwiderte Nino. – „Du wirst frieren, du hast bloß ein Hemd an." – „Ach Quatsch!", sagte er, und schon stand er mit ihr draußen, unter dem neblig-kalten Himmel des ersten Januars, bei fast null Grad. „Du klapperst ja mit den Zähnen", sagte sie lachend. „Nein, da kennst du mich aber schlecht, ich könnte noch Stunden hierbleiben", brüstete sich Nino ironisch und rieb sich die Hände. Sie nahm einen letzten tiefen Zug, ohne darauf zu reagieren. „Lass uns wieder reingehen, ich muss Pipi – wegen der Kälte vermutlich. Los, komm mit!" Sie nahm seine Hand und zog ihn mit auf die Damentoilette, niemand schaute komisch. Rasch riss sie sich die Strumpfhose und den Rest runter, alles mit derselben Geste. Bevor das Kleid wieder darüber fiel, konnte Nino einen Blick auf ihren rasierten Intimbereich erhaschen. Es dauerte bloß kurz und war banal. Sie tauschten ihre Telefonnummern aus, wenn auch ohne große Überzeugung, sie fand ihre Pelzjacke wieder und küsste ihn auf die Wange.

Als er nach Hause kam, dachte er an Teresa. Er hätte gern gewusst, wo sie gewesen war und mit wem. Er versuchte, sie sich vorzustellen, lag aber weit daneben: nein, keine Party und nein, kein Minirock. Sie trug einen weißen Pulli, eine dunkle Jeans und Pferdeschwanz. Sie war bei ihren Eltern in Terracina und fühlte sich fast so wie mit dreizehn. Damals hatte sie beim Zubettgehen – draußen in der eiskalten Nacht war immer noch der ein oder andere Böller zu hören – eine seltsame Freude empfunden: über die saubere Bettwäsche, den noch unberührten Kalender an der Wand, hinzu kam die Überzeugung, dass mit dem neuen Jahr wirklich eine neue Zeit anbrechen würde. Dasselbe empfand sie auch an diesem Abend, mit derselben Intensität, aber mit mehr Sehnsucht, mit etwas mehr Wut: Denn ja, ein Neuanfang wäre wirklich schön, ein Neustart, morgen in eine Welt einzutreten, die das Schlimmste, ja einfach alles hinter sich gelassen hat – in eine heile Welt ohne den ganzen Mist, ohne Schattenseiten. Als Kind stellte sie sich Riesenhydranten auf dem Dach der Welt vor, mit ihnen wären die Straßen, Plätze und Bürgersteige in einer halben Stunde auf Hochglanz gebracht. Auch die draußen parkenden Autos bräuchte man dann nicht mehr in die Waschanlage zu fahren so wie ihr Vater jeden Samstagvormittag. Dann könnten alle Müllmänner sofort in Rente gehen, weil sämtlicher Schmutz aus dieser Welt getilgt wäre. Heute würde sie sonst was darum geben, auch ihre eigene soweit reinigen zu können, dass sie sich freier und besser fühlt – das wünscht sie sich fürs neue Jahr.

Am Morgen des ersten Januar nieselte es unangenehm. Ich nahm den Schirm und ging mit dem Hund runter, der Asphalt der Via del Valco di San Paolo war voller Böller und benutzter Kondome. Die tauchen an den Wochenenden das ganze Jahr über auf, wie Schnecken nach dem Regen: Hier, gleich hinter der Universität, kann man gut parken und im Auto Sex haben – es ist genau richtig dunkel, und es kommen nicht allzu viele Leute vorbei. Ich lächelte beim Gedanken an die von innen beschlagenen, wie lebendig hüpfenden Kleinwagen, an diejenigen, die sich auf den Sitzen mühsam halb ausgezogen hatten: ohne Angst, ohne Reue, ohne den rebellischen Trotz wie bei mir oder bei uns damals, und stellte mir vor, wie diejenigen, die zum Höhepunkt gekommen waren und das zu Erkundende erkundet hatten, jetzt selig bis weit in den Tag hinein schliefen. Die Mütter, die keinen Sex mehr haben, kochen Sugo, während der Papst auf Raiuno mit seinem deutschen Akzent sagt: „An diesem ersten Tag des Jahres 2013 bitten wir Maria, die heilige Mutter Gottes, uns zu segnen wie eine Mutter ihre Kinder, bevor diese verreisen. Das neue Jahr ist wie eine Reise."

Inzwischen sind die Wolken verschwunden, und die Sonne ist hervorgekommen. Ja, die Mütter kochen den Sugo und segnen die Kinder, bevor diese verreisen. Und statt sich um sie zu sorgen, beneiden sie sie sogar ein bisschen ... sie, die ungeniert Neuland erobern, alle möglichen Wege einschlagen, die weder angebunden noch angekettet sind. Farblose Eltern ohne feste Überzeugungen lassen sie gewähren, lassen zu, dass sie ihren Weg machen. Ohne dass diese groß was erobern müssten. Sie warten nicht sehnsüchtig darauf, endlich volljährig zu werden, sie warten auf gar nichts, sondern sind von Anfang an frei, es gibt weder einen Gott noch einen Giorgio Almirante noch Faschisten noch Freunde des Großkapitals noch den *Corriere della Sera*, gegen die sie aufbegehren, gegen die sie sich positionieren müssten, es gibt keinen finsteren Buhmann, den es zu provozieren gilt. Nur zerstreute, geistig abwesende, ergebene Eltern. Besser so!, sage ich mir, während ich sie erst recht provoziere, im Unterricht, und bei ihnen nach irgendwelchen Spuren der alten Welt, meiner Welt, suche. „Was versteht ihr unter Schuld? Fühlt ihr euch jemals schuldig?“ – „Nie.“ – „Und was unter Unschuld?“ Für sie ist das nur eine Frage nach dem polizeilichen Führungszeugnis.

Woher sollen sie auch wissen, wie es war, als ich eines Sonntagnachmittags im April oder Mai 1969 später als erlaubt nach Hause kam? Als ich meine verlorene Unschuld auf jede nur erdenkliche Weise zu verbergen versuchte wie hartnäckigen Zigarettengeruch. Es war auf eine unschöne, hastige und völlig lieblose Art geschehen. Bei einem Magisterabschlussfest von Leuten, die älter waren als ich, in einem Haus am Meer, dessen Zimmer Stunde um Stunde als Rückzugsort für viel zu unreife Paare herhalten mussten – die Penetration erinnerte eher an eine Untersuchung beim Frauenarzt. Ich aß ohne jeden Appetit und mit gesenktem Kopf, stets in der schrecklichen Angst, mein Vater könnte jeden Moment mit dem Finger auf mich zeigen, mich wegen meiner Schamlosigkeit in Grund und Boden brüllen. Meine Mutter ging in die Kirche, er nicht. Es war keine Frage des Sechsten Gebots, sondern des Anstands – eine schwere Bürde für meine Schwester und mich, und sei es nur eine neue Frisur. Verfehlungen gestattete er ausschließlich sich selbst: Zigaretten, Sportwetten – und, was wir erst durch einen Zufall erfahren sollten, als er bereits altersdement war – Nutten.

Am Montag, den 7. Januar, schlich sich Nino wie geplant von hinten an, legte ihr den Schal um den Hals und sagte: „Alles Gute." Sie lächelte, und er atmete auf. „Ich müsste jetzt eigentlich sagen, ‚Das wär doch nicht nötig gewesen'", meinte Teresa, „aber das sag ich nicht, weil ich Geschenke mag." – „Selbst wenn einem ein Schal nicht gefällt, hält er wenigstens warm", schickte Nino hinterher und wühlte in seinem grauen Beutel. „Außerdem hab ich noch was für dich. Hast du dieses Buch schon gelesen?" Er zog eine Ausgabe von *Reise um die Erde in 80 Tagen* hervor. „Das gehört mir, ich hab es nicht ganz ausgelesen, möchte es dir aber gerne geben." Teresa blätterte darin, als ihr ein Satz ins Auge stach: *Im Gegentheil hatte er Gefallen an dem Sturme.* „Danke", sagte sie, „das scheint ganz nach meinem Geschmack zu sein." Sie gingen in eine Bar: „Es ist kalt", schrieb mir Teresa in einer SMS, „gib mir Bescheid, wenn du fertig bist."

Nino erzählte ihr von seiner anstrengenden Arbeit als Schauspiellehrer. Sie lachten, der Prosecco hob die Stimmung. „Vor allem rechnet man nicht damit, dass sie einem plötzlich eine Moralpredigt halten, todernst, vor allen Leuten", sagte er. – „Worüber denn?" – „Einfach über alles. Hallo?, denk ich mir da, *ich* bin hier der Lehrer und versuche euch was beizubringen, etwas, von dem ich mehr verstehe als ihr – eine Betonung, eine Geste, eine Bewegung. Und ihr verwechselt mich mit einem begriffsstutzigen Enkel, dem man erst noch klarmachen muss, wie das Leben so läuft." – „Wieso denn das? Was haben sie denn gesagt?", fragte Teresa. „Nichts, Blödsinn", erwiderte Nino, „aber *allein die Art!* Vor allem der reizende Signor Giancarlo hat versucht, mich fertig zu machen, weil ich nicht weiß, wer Salvo Randone ist. Kennst du den? Nein! Aber das Tolle an diesen alten Herrschaften ist, dass *sie* Salvo Randone sehr wohl kennen. Solange sie leben, halten sie etwas am Leben, das es längst nicht mehr gibt oder bereits im Sterben begriffen ist." – „Reisebüros gehören auch dazu." – „Gut, zugegeben. Aber dann hat er einen Vortrag über Zwanzigjährige gehalten, die von nichts eine Ahnung haben, die sich für nichts interessieren, um anschließend die Politik ins Spiel zu bringen." – „Was hat denn die Politik damit zu tun?", fragte Teresa. – „Ganz genau, dasselbe habe ich auch gesagt, ‚Was hat denn das damit zu tun?' Aber da hat der reizende Giancarlo aus heiterem Himmel die Arbeiterklasse angeführt und einen popligen Artikel, den er 1965 in der gleichnamigen Zeitung veröffentlicht hat, über die Einheit von Klasse und Partei (‚Ich war damals in deinem Alter', hat er gesagt), über die Großdemos, die nächtlichen Fahrten dorthin, über den Tod von Raniero Panzieri im Jahr davor (Panzieri wer?) und so weiter. Er hat mich gefragt, was ich von der aktuellen Regierungslage halte, und da hab ich gesagt, dass ich politisch nicht so auf dem Laufenden bin. Und er? Dass das ein Riesenfehler ist." – „Das sehe ich auch so", sagte Teresa mit einem Lächeln, das Nino nicht einordnen konnte und das ihn nervös machte. Wie war das zu interpretieren? Bestimmt war es ironisch gemeint, aber auf eine nette oder auf eine gemeine Art? Er hätte sie das gerne gefragt, verkniff es sich aber. Er konnte sich nicht vorstellen, dass sich diese junge Frau für eine Partei engagierte. Durfte er sie das fragen? Er schwieg so lange, bis sie von sich aus Klarheit schaffte: „Das heißt nicht, dass ich jemand bin, der auf Demos rennt, wirklich nicht. Im Gymnasium bin ich nicht mal zu den Schulversammlungen gegangen, ich hab sie für Zeitverschwendung gehalten: lauter Leute, die sich wichtig nehmen, ohne genaue Vorstellungen zu haben, ohne überhaupt irgendeine Vorstellung zu haben. Trotzdem, wenn ich jemanden sagen höre, ‚Ich interessiere mich nicht für Politik', krieg ich eine Scheißwut. Denn so ein Satz bedeutet einfach: ‚So läuft es nun mal, wer bin ich, um das infrage zu stellen?' Und vor allem: ‚Warum sollte ich?' Bei so einer Einstellung krieg ich eine Scheißwut." Genau so drückte sie sich aus: *Scheißwut*. Nicht, dass das irgendwie schlimm gewesen wäre, aber der schroffe Ton, in dem sie das gesagt und dabei fast mit der Faust auf den Tisch geschlagen hatte – wenn auch langsam und nicht ohne Eleganz –, erstaunte ihn. „Und warum kriegst du da eine Scheißwut?", fragte Nino und senkte ein wenig die Stimme, fast so, als hätte er Angst, sie könnte auf einmal laut losbrüllen. Stattdessen reagierte Teresa völlig gelassen, nachdem sie sich das Haar hinters Ohr gestrichen hatte – eine Geste, die ihn buchstäblich hypnotisierte – und stellte eine Frage, dann noch eine und noch eine. Doch an wen war sie gerichtet? Die Fragen hallten in der Bar wider, und Nino griff eine auf, hatte noch nicht damit begonnen, eine Antwort zu formulieren, als schon die nächste Frage kam. „Jemand, der sagt, dass er sich nicht für Politik interessiert – was erwartet er von den anderen? Hat er überhaupt das Recht, irgendwas zu erwarten? Sollte nicht jeder, der kein Kind mehr ist, verpflichtet sein, sich für Politik zu interessieren?" – „Keine Ahnung", hätte er gern gesagt, „das weiß ich nicht, Teresa, du bringst mich ganz durcheinander. Außerdem bist du heute Abend so schön. Ich weiß wirklich nicht, was ich darauf sagen soll." Er stammelte ein Ja, ein Aber, dann wieder ein Ja, wie bei den Prüfungen vor wenigen Jahren, als er das Lehrbuch im Vorfeld nicht einmal aufgeschlagen hatte. Er rettete sich mit der Bemerkung „Das ist ein weites Feld", während Teresa aufstand, um zu zahlen. Er konnte sie daran hindern und fragte dann spontan, ob sie vielleicht am Sonntag – nicht dieser, sondern der nächste – Lust auf das Bruschettafest in Casaprota habe. Sie brach in lautes Gelächter aus, und er erzählte ihr von dem Volksfest-Projekt für seinen YouTube-Kanal. Sie zog die Nase kraus, als wäre das vollkommen unverständlich oder bescheuert: „Und was soll ich da?", fragte sie. – „Bruschetta essen." – „Und wo liegt dieses Casaprota?" – „Das weiß ich nicht genau, sechzig Kilometer auf der A1, ungefähr eine Stunde mit dem Auto." Er beeilte sich, hinterherzuschicken, dass sie nicht allein sein würden, dass noch zwei Freunde von ihm mitkämen, und dass außer ihr bestimmt noch eine Person Platz habe – „zu fünft sollten wir eigentlich in den Panda meiner Mutter passen."

Als Nino nach Hause zurückkehrte, bereute er es, sie nicht gefragt zu haben, ob sie noch was essen gehen wolle. Sie hätten schließlich genauso gut noch irgendwo einkehren, eine Pizza oder einen Hamburger essen können. Im Ostiense-Viertel schossen die neuen Lokale gerade wie Pilze aus dem Boden, alle mehr oder weniger identisch: breite Panoramafenster und weiß geflieste Wände, „fast wie in New York, obwohl ich noch nie dort war", hätte er dann zu ihr gesagt, und dass ihm die Gegend um den alten Binnenhafen echt gut gefalle mit ihren Radwegen an den Kiesbänken des Flusses. Sie hatte noch so etwas Wildes, Unberührtes: der Gasometer bei Sonnenuntergang, die bunten Graffiti an den heruntergekommenen, besetzten Gebäuden. Er hatte Lust, ihr von sich zu erzählen. Nein, nicht um sich in Szene zu setzen wie er es bei einem anderen Typ Frau so gern tat – bei den meisten Frauen in seinem Alter. Um die zu erobern, genügte es zu sagen, dass er sich mal mit Nanni Moretti unterhalten, eine kleine Rolle in einem Film von Verdone gehabt habe. Das stimmte sogar, wenn auch nicht ganz: Die Szene, in der er den Gast einer Kneipe in Trastevere mimte, war letztlich dem Schnitt zum Opfer gefallen. Ihr würde er anders von sich erzählen, aufrichtig. Ihr würde er anvertrauen, dass er sich an keinen wachen Moment seines Lebens erinnern konnte, nicht an einen einzigen, der nicht auch ein bisschen was Theatralisches gehabt hatte. Ob Schauspieler, Stimmenimitator, Zauberer oder Verwandlungskünstler – bereits eine Kleinigkeit wie ein Geschirrtuch um den Kopf oder ein Schal hatte genügt, und schon war er an Sommerabenden durch den Garten getobt, bis es dunkel wurde, hatte ganz für sich allein heroische, improvisierte Texte deklamiert. Wenn er sich richtig erinnerte, war er zu Karneval immerhin eine Biene, eine Heizung und natürlich auch ein Clown gewesen, mit einer dicken roten Lockenperücke. Einmal, auf einer Halloween-Party, hatte er eine *Scream*-Maske getragen und sich zwei Bälle als Brüste unters T-Shirt gesteckt: So war es ihm gelungen, ein paar Klassenkameraden weiszumachen, er wäre Valentina Filipponi. Na gut, das würde er ihr eher nicht erzählen, aber er konnte gut und gern noch weiter in die Vergangenheit zurückgehen und eine höchst wünschenswerte Zuneigung für den kleinen Jungen von damals wecken, der mit acht in der Schule – und das in der kurzen Pause! – Hunde- und Katzenausstellungen mit Plüschtieren organisiert hatte. Er war außerdem Juryvorsitzender gewesen und hatte stets Alessandra Misetti gewinnen lassen. Und dann die Gesangswettbewerbe! Mit aufwändigem Bühnenbild (Malkreiden verwandelten die Tafel in eine Kulisse) und einem Jingle, den er erfunden hatte, einfach grauenhaft, so was wie *do-re-mi-fa-sol-la-si | canzonissimi,* ein völlig sinnloses Wort, das den Titel einer uralten, berühmten Schwarzweiß-Varietésendung verballhornte. Genug zu erzählen hatte er jedenfalls! *Der eingebildete Kranke, Der Kaufmann von Venedig* – bis ins kleinste Detail hatte er die für ein Publikum aus lauter Verwandten vorbereitet. Er zwang sie, Platz zu nehmen und zu warten, betrat dann die Bühne, sah die in ihren Augen aufflackernde Irritation, ohne sich davon entmutigen zu lassen. Ganz zu schweigen von der epochalen Vorstellung am Ende der achten Klasse, von der einmaligen *Achte-Klasse-Show.* Das waren noch Zeiten gewesen! Er, der mit braver Frisur in einem absurden Zweireiher bestens vorbereitet den ernsten Moderator gab und die Fäden der schlecht aufeinander abgestimmten Showeinlagen in der Hand hielt. Dann Pietrocolas Imitationen, der mehr oder weniger gut Politiker nachmachen konnte, lächerliche Witze ohne jeden Biss. Und schließlich die Tänze, bei denen hinter den Kulissen ein ständiges Kommen und Gehen herrschte, das Rascheln der hastig gewechselten Kleider, Schweißgestank. Aber genau das war ja das Schöne, meine sehr verehrten Damen und Herren! Diese Besessenheit. Diese Anspannung. Ein kurzer Blick auf Simona Pergola ohne BH. Und dann die Erleichterung, wenn der Applaus kam, tosender Beifall. All das würde er ihr erzählen. Und auf ihre Fragen warten.

Er meldete sich zu einer ungewöhnlichen Uhrzeit an einem ungewöhnlichen Tag bei mir, an einem Samstagabend, als ich mir gerade angewidert und gerührt im Fernsehen ansah, wie Kinderinterpreten in viel zu erwachsenen Posen völlig ergriffen Texte sangen, die sie nicht verstanden, ja gar nicht verstehen *konnten*. Ich konzentrierte mich vor allem auf die Eltern, die von der Regie nur deshalb eingeblendet wurden, damit man ihre feuchten Augen sah, ihre stolz geschwellte Brust, ihre törichten Illusionen. Wenn überhaupt würde einer von hundert dieser Rockstarposen einnehmenden Elfjährigen eines Tages Karriere machen. Und dann diese kleinen Bohnenstangen, die am Ende des Schmachtfetzens *Almeno tu nell'universo* beinahe weinten, ohne je verliebt gewesen zu sein! Echt rührend. Ich fragte Nino, warum er nicht ausgehe: „Was hast du denn an einem Samstagabend zu Hause zu suchen?" Er ging nicht darauf ein, sondern kam direkt zur Sache. „Ich habe Probleme mit der Rollenvergabe. Ich weiß auch nicht, aber ich habe das Gefühl, rein gar nichts mehr zu verstehen. Seit anderthalb Stunden starr ich hier schon auf mein Blatt mit den Namen auf der einen und den Rollen auf der anderen Seite. Doch so sehr ich es auch drehe und wende – ich werd einfach nicht daraus schlau." – „Was ist denn das Problem?", fragte ich. „Ach, wenn es nur eines wäre!", erwiderte er. Und zum ersten Mal, ja vielleicht tatsächlich zum ersten Mal, spürte ich, dass er hilflos war. „Vielleicht liegt es ja am Text. Wir hätten uns was aussuchen müssen, das zu alten Leuten passt, Grazia!" Als er meinen Namen sagte, schwang ein Vorwurf darin mit. „Aber wenn wir *Falsche Geständnisse* jetzt noch gegen was anderes austauschen, wirkt das nicht gerade seriös." Ich sagte, dass ich das genauso sähe, er müsse unbedingt eine Lösung finden. Ich versuchte zu ergründen, wo der Haken war, ob es mehr Schauspieler als Rollen gab oder so. „Nein", erwiderte er, „mir kommt das Ganze nur so lächerlich vor." – „Seit wann hat jemand wie du Angst, sich lächerlich zu machen?", neckte ich ihn liebevoll. „Hör zu, mach dir keine allzu großen Sorgen. Die wollen bloß ein bisschen Spaß haben. Wenn es nicht genügend Rollen für alle gibt, erfindest du eben welche oder stellst drei oder vier Leute, und zwar die unbegabtesten, fürs Bühnenbild ab. Wie oft ich das schon gemacht habe! Ich verfahre heute noch so. Keine Angst, Nino, steigere dich da nicht so rein. Dieses Stück wird schließlich nicht im Piccolo in Mailand aufgeführt! Das schauen sich Freunde, Verwandte und Enkel an, die ein paar Mal herzhaft lachen, und das war's." Wie sich herausstellte, war es so, dass er Signor Giancarlo in der Rolle des Dorante für ungeeignet hielt. Er sei besser als viele seiner Mitstreiter, habe aber keinerlei Sinn für Ironie. Und Araminte? Die könne nur von Laura Perrotta gespielt werden ..., aber wie solle man dem Publikum klarmachen, dass Marivaux' Figuren junge Leute sind? Mit Hilfe der Kostüme? Indem man Signor Giancarlo in ein Paar Converse-Turnschuhe stecke? Das Ganze ins Hier und Heute versetze? „Nein, nein und nochmals nein", erwiderte ich. „Das ist ja gerade das Interessante: dass alte Menschen junge spielen. Außerdem musst du wissen, dass Marivaux das Durchschnittsalter seiner Figuren in *Falsche Geständnisse* bewusst heraufgesetzt hat." (Schon wieder ließ ich mich dazu hinreißen, ihn zu belehren.) „Und zwar deshalb, weil seine Schauspieltruppe gealtert war ... Seine festen Darsteller waren am Ende, und derjenige, der normalerweise den Harlekin spielte, lag bereits im Sterben." – „Das ist wirklich ein interessantes Detail", bemerkte Nino todernst. „Aber in unserem Fall würde es das Publikum überfordern, eine so riskante Regieidee können wir uns nicht leisten. Also was tun?" – „Gar nichts. Signor Giancarlo wird den Dorante geben und Laura Perrotta die Araminte. Sie werden das locker hinkriegen, schließlich wissen sie, dass sie Männer und Frauen verkörpern sollen, die nur halb oder weniger als halb so alt sind wie sie." – „Ich sehe das immer noch nicht richtig vor mir", protestierte Nino. „Je mehr ich von dem Stück lese, desto weniger kann ich mir vorstellen, dass Signor Giancarlo in Araminte alias Laura Perrotta verliebt ist. Dass er so Sätze sagt, wie *Ach, Madame, sie weiß nicht einmal, dass ich sie anbete. Verzeihen Sie das schwärmerische Wort, aber ich kann von ihr nur im Überschwang reden."*

„Aber Nino, was hast du nur? Woher diese Angst? Die sollen Theater spielen, einfach nur Theater spielen. Anscheinend verstehst du erst heute, was das bedeutet. Nämlich die Alltagsmaske ab- und eine andere dafür aufsetzen. Aus dem 1942 in Rom geborenen Signor Giancarlo wird nie ein dreißigjähriger Franzose werden, der Mitte des 18. Jahrhunderts gelebt hat, und das muss er auch gar nicht: Er soll einfach nur Theater spielen, das genügt."

Auf der Rückfahrt vom Bruschettafest unterhieltet ihr euch lange. Vielleicht so wie nie zuvor – ohne jeden Sicherheitsabstand, ohne die Ironie, hinter der ihr euch sonst so gern verstecktet. Nino hatte zu viel getrunken, um noch fahren zu können, deshalb ließ er Tommaso ans Steuer und setzte sich nach hinten. Eingepfercht zwischen Teresa und ihrer Freundin begann er, von London zu erzählen: „Ein bisschen fehlt mir die Stadt, das Chaos von Covent Garden und Leicester Square, das an manchen Tagen fast unerträglich ist. Die Menschenmassen sorgen dafür, dass man sich auf Anhieb weniger allein fühlt, aber gleichzeitig wahnsinnig einsam." Im Rückblick kam es ihm so vor, als hätte er eine Ewigkeit dort verbracht, auch wenn es nur ein Jahr war. Er hatte sich als Sherlock Holmes kostümiert, mit Pfeife und allem drum und dran, eine ganze Woche lang, im Schaufenster von Ripley's, dem Kuriositätenmuseum am Piccadilly Circus. Er war zu einem Vorsprechen gegangen, um von Hamley's, dem riesigen Spielzeugtempel in der Regent Street, als Animateur eingestellt zu werden. Er hätte sich heiser schreien müssen in diesem ewigen Weihnachtsdurcheinander, er hätte kleine Drohnen fliegen lassen, sich als Pirat verkleiden und zusammen mit laut krakeelenden Kindern in einer Ecke etwas zeichnen müssen. Um Kate Middleton zum Abendessen auszuführen, wäre da keine Zeit mehr geblieben! „Aber abgesehen davon hat man immer das Gefühl, es könnte jeden Moment etwas Aufregendes passieren, vorausgesetzt, man hängt nicht den ganzen Vormittag zu Hause rum. Stattdessen zieht man seine Regenjacke an und geht raus, während einem die Riesenmetropole London zu Füßen liegt, jeden Morgen wieder aufs Neue – großartig, wenn auch nicht unbedingt großzügig, nicht auf den ersten Blick, aber dafür optimistisch und voller Möglichkeiten." Teresas Freundin unterbrach ihn schroff: „Und warum bist du dann wieder zurückgekommen?" Er schwieg, als hätte er die Orientierung verloren, als hätte ihn das völlig überrumpelt, um sich anschließend völlig grundlos zu öffnen: „Nein, nein" sagte er, „ich bin ja nicht von dort geflohen, ich wär durchaus noch geblieben, aber zum einen ist meine Beziehung den Bach runtergegangen, und zum anderen hatte ich das Angebot, in Rom einen Schauspielkurs zu leiten. Von daher ... Außerdem hatte ich auch ein wenig Sehnsucht. Kein Heimweh, das nicht, wirklich nicht. Mehr als Italien hab ich zunehmend die italienische Sprache vermisst. Die römischen Bars und ihr melodiöses Löffelklirren ... Dass jeder einen anderen Kaffee bestellt." Als er das sagte, war Nino sich sicher, Teresas Blick zu spüren, der ihm freundlich, ja interessiert vorkam. Jedenfalls öffnete auch sie sich in diesem Moment: „Reisen macht mich immer ganz nervös, es wühlt mich auf, und ich weiß, dass das alle lächerlich finden. Wenn ich auf die Uhren an der Wand meines Reisebüros schaue – was ich oft tue – auf die mit der Uhrzeit von Peking, New York, Los Angeles, Paris und Sydney – wird mir immer ganz schwindelig. Am liebsten wäre ich überall gleichzeitig, damit ich auch ja nichts verpasse, aber allein schon der Gedanke macht mich ganz wahnsinnig, dann erfassen mich Ängste, die ebenso albern wie schrecklich sein können: Attentate, Flugzeugabstürze, aber vor allem eine eher vage Bedrohung, sodass ich, wenn es nach mir ginge, lieber für immer im Wartebereich des Flughafens sitzen bleiben würde, in dieser so beruhigenden Zwischenwelt, die überall auf der Welt gleich aussieht mit ihren Luxusboutiquen, dem Duft, der aus den Parfümerien kommt, den Durchsagen, damit die Leute ihr Flugzeug nicht verpassen, und die nie so chaotisch, schmutzig oder brutal ist wie ein Bahnhof ..."

Die hinteren Autofenster waren ganz beschlagen, auf Höhe von Settebagni lachte Tommaso. „Ihr redet von Sydney, und wir sind in Settebagni." – „Es gibt Sydney, und es gibt Settebagni, außerdem ist noch lange nicht gesagt, dass Sydney bei einem direkten Vergleich besser abschneidet", bemerkte Teresas Freundin. „Je nachdem welchen Blickwinkel man einnimmt, befinden wir uns alle in der Provinz von etwas anderem." Allgemeine

Heiterkeit. „Auch Casaprota hat so seine Vorzüge", schickte Nino hinterher: „Das Fest hat Spaß gemacht – mal ganz abgesehen davon, dass die Bruschetta echt gut war, extrem gut sogar ... Das warme Brot mit dem Olivenöl aus Sabina ... die Musik, die Akkordeons, die Blechblaskapelle aus Guidonia ... Die Fregnacce-Nudeln aus Wasser und Mehl, die Trüffelwurst ... die berühmte Coppa – all das und diese unsterbliche italienische Provinz ... Die Kooperative, die Eingewecktes verkauft ... Die handbestickten Platzdeckchen ... Die ursprünglich fürs Weihnachtsgeschäft im Kaltrührverfahren hergestellten Seifen ... Die Mortadellina aus Campotosto ... Das Beste an unserem Video ist unser Freund aus Poggio Bustone, der Küchenutensilien aus Holz herstellt ... Wenn er davon erzählt, wie praktisch der Salzstößel von anno dazumal ist ... ‚Wir Marktleute sind wie streunende Hunde, wenn wir einen abgenagten Knochen finden, nehmen wir den auch noch ins Sortiment' ... Die Polenta-Brettchen aus Buchenholz, weil das keinerlei Geruch oder Geschmack annimmt ... Der Vorsitzende des örtlichen Fremdenverkehrsvereins, wenn er sagt: ‚Trotz des schlechten Wetters hatten wir noch nie so viele Gäste, allein schon unsere Bruschette sorgen für Sonnenschein' ... Pino und Rino in der Küche ... Achtzig Kilo Brot ... Ivana, die Knoblauch reibt, Piera, die sich als Veteranin bezeichnet und den großen Klassiker, das Nutella-Bruschetta, zubereitet ..."

„Aber ihr verarscht die doch alle!", entfuhr es Teresa, „und das versteh ich nicht." – „Aber auf eine nette Art", erwiderte Tommaso. – „Ob nett oder nicht, was soll das?" Nino sagte nichts darauf, das Adjektiv *anstrengend* ging ihm durch den Kopf. Fast hätte er gesagt „Manchmal bist du echt anstrengend", konnte es sich aber gerade noch verkneifen. Er fand, dass es im Großen und Ganzen gut gelaufen, ja dass es ein wunderschöner Tag gewesen war. Auch dass der Abstand zwischen ihm und ihr vielleicht endlich ein wenig kleiner geworden war, dass sie sich besser kennenlernten, was schön war. Doch dann kamen immer wieder so schroffe Bemerkungen von ihr, die ihn verlegen, ja wütend machten.

Am Tag darauf – ein Montag mit Schauspielunterricht – blieb er so lange wie möglich im Gebäude, um ihr aus dem Weg zu gehen. Er war nicht nur ratlos, was sie und ihren so undurchschaubaren Charakter anging: Er war auch gekränkt. Es störte ihn, dass sie so selbstgerecht war. Wie kam sie dazu, ihn zu verurteilen? Was wusste sie schon von der Welt, was er nicht wusste? Sie war *echt seltsam*. Schwierig. Trotzdem gelang es Nino nicht, sie aus seinen Gedanken zu verbannen.

Ich trommelte die Schüler des ersten und zweiten Jahrgangs, die Dozenten sowie ein Dutzend Freunde zu einem ganz besonderen Anlass zusammen. Es war mir gelungen, einen berühmten Theaterschauspieler einzuladen, dem ich monatelang nachgelaufen war. Die meisten dürften ihn aus dem Fernsehen kennen, obwohl er jahrzehntelange Bühnenerfahrung als Theaterschauspieler hatte: griechische Tragödien, Shakespeare, Pirandello. Mit fast schon übertriebener Sorgfalt bereitete ich die Fragen an ihn vor. Doch das hätte ich mir genauso gut sparen können. Der berühmte Schauspieler kam und bat mich flüsternd um etwas Rotwein, in einem dunklen Glas. Als ich ihn dem Publikum vorstellte, sah er gelangweilt drein, lächelte – ein eher aggressives Zähneblecken – und fiel mir ins Wort. Während er mit der Rechten herumfuchtelte und Halbkreise in die Luft malte, in der Linken eine dicke Zigarre, begann er lustlos was von Vorstellungskraft und der Fragmentierung des Selbst zu erzählen, von Gesten, von der Energie, mit der diese aufgeladen sein müssten, von Verführung und von dem Funken Wahrheit, den jede Fiktion enthält. Lauter anspruchsvolle, durchaus lobenswerte Dinge, die immer wieder durch ein strenges, genervtes „Wenn Sie verstehen, was ich meine" unterbrochen wurden. Die Hand mit der Zigarre wanderte zur Stirn, ein Zeichen für leichte oder chronische Müdigkeit. „Talent als reines Talent bleibt steril", fuhr er fort. „Es muss stets in den Dienst des Stückes gestellt werden." Dabei wurde er immer pathetischer, rhetorischer, dramatischer. „Das Theater ist eine außergewöhnliche Erfahrung, die eng mit dem Leben verbunden ist, es *ist* Leben, Begegnung", wiederholte er und zog die Nase hoch, „der symbolische Anlass, die Metapher müssen mit Leben gefüllt werden." Der Vortrag dauerte vierzig Minuten, und während das Publikum applaudierte – mechanisch, ohne Begeisterung –, näherte sich der berühmte Schauspieler erneut meinem Ohr, um mir zuzuflüstern, dass er lieber keine Fragen beantworten wolle. So endete die Veranstaltung: damit, dass er aufstand, die

Hände zum buddhistischen Gruß zusammenlegte, zwei, drei Mal nickte, uns den Rücken zurückkehrte und ging.

„Das war schön, nicht wahr?", sagte ich vor den Tramezzini beim anschließenden Empfang, auf dem der Ehrengast fehlte. Jemand nickte ausweichend und knabberte währenddessen Taralli. Der Einzige, der etwas darauf sagte, war Nino: „Nein, es war reine Zeitverschwendung." Genau das dachte ich mir auch, behielt meine Gedanken aber für mich. Er war noch nicht fertig: „Er hat dauernd vom Leben geredet, Leben hier und Leben da – und was ist mit seinem? Er hat nichts von sich preisgegeben, einfach nur seine Nummer abgezogen, mehr nicht. Bestimmt zwanzig Mal hat er das Wort *Begegnung* in den Mund genommen. Im Grunde hätten wir sagen müssen ‚Halten Sie das hier etwa für eine Begegnung?' Es war enttäuschend. Hoffentlich werde ich nie so."

Auf dem Heimweg dachte ich noch lange über Ninos Worte nach. Und fragte mich, was den berühmten Schauspieler von heute wohl noch mit dem jungen Mann von damals verband, die kühle Distanz von jetzt mit dem heißen Ehrgeiz von früher, die derzeitige Gleichgültigkeit mit der einstigen Leidenschaft, das Desinteresse und die Entzauberung mit einem Herzen, das noch wirklich für etwas schlug.

Wann sind wir eigentlich zu solchen Arschlöchern geworden? Wieso haben wir nicht das Geringste davon bemerkt? Etwas überlebt – ein Talent, das zum Beruf wird: raffinierter, selbstverständlicher. Aber wo bleibt das Staunen? Wo bleibt die aufrichtige, weitreichende Neugier, die dafür gesorgt hat, dass wir uns stundenlang mit etwas beschäftigen konnten? Wo bleibt das Interesse an intellektuellen Streifzügen, an dem, was andere erzählen – im Grunde das Interesse an allem? Das steckt wie ein Nusskern tief in unserem Innern, wo das Beste, zu dem wir in der Lage sind, überlebt. Es ist das Lebendigste und Menschlichste an uns. Während der Rest – unsere Prinzipien, unsere Aufrichtigkeit, ja unser Körper – Gedankenlosigkeit und Verfall preisgegeben ist, gibt es tief in unserem Innern noch etwas, das Wärme ausstrahlt. Aber das reicht nicht. Wir leuchten nicht mehr. Doch aus der Ferne lässt sich die kalte, sterile Neonbeleuchtung routinierter Erfahrung leicht mit tatsächlichem Licht verwechseln.

Genau eine Woche nach dem Sonntag in Casaprota wacht Nino schlechtgelaunt auf. Wenn es etwas gibt, das er nicht ausstehen kann, dann sich für irgendeine Zeremonie in Festtagskleidung zu werfen. Doch heute Morgen bleibt ihm nichts anderes übrig, der Sohn seiner Cousine soll getauft werden. Er beschließt, keine Krawatte anzuziehen und diskutiert mit seiner Mutter darüber, als er sie mit dem Auto abholt. Er hat Lust, Teresa eine SMS zu schicken, ihr zu sagen, dass er bald in ihrem Viertel sein wird und gern einen Kaffee mit ihr trinken würde. Dass es jedoch nicht so leicht sein dürfte, sich von einem Familienfest davonzustehlen. *Außerdem würdest du mich dann mit Sakko und Krawatte sehen und regelrecht davon geblendet werden.* Am Ende entscheidet er sich dagegen.

Wann hat er das letzte Mal eine Kirche betreten? Vor ein paar Jahren bei der Hochzeit von Freunden, die er vielleicht nicht gerade als verfrüht, aber doch als überstürzt empfunden hat, und genau das ist sie auch gewesen. Der Besuch einer Kirche macht ihn nervös: dieses ständige Aufstehen und sich dann wieder Setzen (er muss sich dabei an den anderen orientieren), die Lieder (ein Trauergesang, den er nicht erträgt), die Gebete und dann die Predigten, aus seiner Sicht nichts als leere, unglaubwürdige, unzusammenhängende Worte. Im Lauf der Jahre hat er einen fast schon übertriebenen Hass auf Priester entwickelt: Dazu hat ihm schon die schreckliche Fettleibigkeit seines Religionslehrers in der Mittelstufe gereicht. Wenn der kam, ging Nino – aber so, dass er ihn noch kurz streifen und ihm einen verächtlichen Blick zuwerfen konnte. Um ehrlich zu sein, kann er nicht mal was mit Kirchen anfangen: Er würde ihren künstlerischen Wert nie bestreiten, aber sie haben immer so was Bedrückendes. Für ihn fühlt es sich an, als wäre die Zeit darin seit Jahrzehnten, ja Jahrhunderten, stehengeblieben. Alles stört ihn: der modrige, kühle Geruch, der im Sommer Linderung verschafft, der Weihrauch, die Kerzen, der sichtbare Atem der frierenden Gottesdienstbesucher an Heiligabend, das Klirren der Münzen während der Kollekte, die elektrischen Opferkerzen, der Klang der Orgel – flach und lang gezogen wie der einer Alarmsirene. Nicht einmal die christliche Kunst fasziniert ihn. Ihm ist, als würde er von tausend Augen beobachtet – von der Jungfrau Maria, von Christus und irgendeinem Heiligen, den er nicht näher benennen kann, während sich der Himmel über dem Kreuz verdunkelt und sich links davon ein Engel umdreht, als hätte man gerade nach ihm gerufen. Das Quietschen der alten, massiven Holztür kündigt zuverlässig Touristen an, Japaner, Amerikaner, zumindest in den Kirchen Roms. Leute, die sich die Sonnenbrille auf die Stirn schieben, damit die ganze Pracht nicht ausgeblendet wird, und die dann, wenn sie sich setzen, die Bänke zum Knacken bringen. „Wir dürfen nie das Gefühl haben, dass Gott abwesend ist", sagt der Priester – im grünen Gewand, weil gerade kein hoher Feiertag ansteht. Er redet leise und räuspert sich ständig, denn er ist heiser. „Gott ist nicht abwesend." Nino grinst, versucht den Kragen zu lockern, indem er den Zeigefinger zwischen Hemd und Hals schiebt (am Ende ist es seiner Mutter doch noch gelungen, ihm die Krawatte aufzudrängen) und schaut sich dann beim x-ten Quietschen um – vor lauter Ungeduld, bloß um sich umdrehen zu können. Doch es sind keine Touristen. Eine junge, hübsche Frau ist hereingekommen, der er überall hinterherschauen würde. Glattes, kastanienbraunes Haar, sportlich, aber gepflegt, eine junge Frau wie Teresa. Sie setzt sich in die letzte Bank. Er beobachtet sie weiterhin aus dem Augenwinkel: Was hat so eine junge Frau in einer Kirche verloren? Sie sammelt sich zum Gebet, sie sieht aus wie Teresa – nein, sie *ist* Teresa. Sie verharrt zwei, drei Minuten so, er möchte sie nicht aus den Augen verlieren und dreht sich wieder um, während sie gerade aufsteht, zu ihrer Tasche greift und das Kreuzzeichen macht. Es ist Teresa. Es ist Teresa. Es ist Teresa.

Das kommt ihm tatsächlich surreal vor, surrealer als der auferstandene Christus auf dem Fresko des Mittelschiffs, der bereits hoch über der Erde schwebt – die Grabwächter schlafen noch, das

Licht des Heils hat sie nicht geweckt. Es hat etwas so Surreales und Absurdes, als hätte es in einem geschlossenen Raum angefangen zu regnen, als strahlte der erkältete Priester auf einmal wie ein Engel. Es war Teresa, sie war in dieser Kirche – und hat gebetet.

Als Erstes durchforstet er noch mal die Fotos ihres Facebookprofils, und zwar alle, eines nach dem anderen, auf der Suche nach Hinweisen. Er hat sie sich bereits flüchtig angeschaut, kurz nach ihrer ersten Begegnung, nur um sich davon zu überzeugen, dass es keine eindeutigen Posen mit irgendwelchen Männern gibt. Teresa, die mit drei, vier Freunden Eis isst. Teresa auf einem Geburtstagsfest. Teresa in der Pizzeria. Teresa in einem kurzen schwarzen Kleid. Teresa neben einer Freundin: Sie trägt ein weißes, tief ausgeschnittenes T-Shirt, sodass man ihr Dekolletee gut erkennen kann, ihre Halskette hat ein Kreuz als Anhänger. Ein Schnappschuss gefällt ihm besonders gut, er zeigt sie im Profil in der Sonne, während sie in die Ferne schaut, die Haare unter einem weißen Stirnband. Er verbringt zehn Minuten damit, die Bilder durchzugehen, und es gibt nichts, was ihn auf diese Szene in der Kirche vorbereiten könnte: Die hat ihn mehr verstört, als wenn er sie dabei erwischt hätte, dass sie einen anderen küsst. Dann hätte er wütend, gedemütigt zugeschaut. Aber dieses Unbehagen ist anders, er hat keinen Namen dafür: Es ist nicht nur so, dass es ihn stört, es bringt ihn auch zum Staunen, zu einem Staunen, das so gar nichts Positives hat. Er fühlt sich verlegen, dumm. Ja, er fühlt sich regelrecht betrogen, jawohl, zumindest ein bisschen. Das hättest du mir sagen müssen!, denkt er und dann, nach längerem Grübeln: Aber was bitteschön? Dass sie betet? Dass sie eine Kirchgängerin ist? So was erzählt man sich nicht, wenn man sich bloß flüchtig kennt. Und er denkt auch: Aber ich habe keine Geheimnisse. Bitte sehr, hier bin ich! Er geht seine Fotos durch. Sie verbergen nichts: ich am Meer, ich, während ich Millionen von Aperitifs trinke, ich, der ich mich an meinem zweiundzwanzigsten Geburtstag kaputtlache, ich mit Krawatte zwischen zwei festlich gekleideten jungen Frauen mit Goldtäschchen, ich, der ich in Frauenkleidern herumalbere, in einer Art Kaftan, ich beim Tanzen in einem Club (das Foto ist von oben aufgenommen), ich am Strand, während ich lachend die Brust irgendeiner Tussi küsse, ich mit ausgestrecktem Mittelfinger, ich im Fußballstadion, ich bei meiner Abreise nach London, ich in London, ich beim Baden im Meer im Oktober (ich bin mit Unterhose ins Wasser gegangen und habe ein Selfie gemacht, *Du hättest deinen Schwanz ruhig verstecken können*, lautet der erste Kommentar, dafür gibt es 16 Likes), ich in einem kurzärmeligen Hemd neben einem Schneemann, ich im Skioverall, ich als ich *Eine Braut für sieben Brüder* fürs Theater inszeniert habe, ich mit weißer Baskenmütze, ich als ich noch lange Haare hatte, ich als ich noch keinen Bart hatte, ich auf Schulfotos, eine langweilige bescheuerte Zeit, ich!

Es ist Montag, das Problem ist, heute Abend vor dem Theater so zu tun, als wenn nichts wäre. Oder soll er lieber etwas sagen? So was wie „Ich hab dich gestern in der Kirche gesehen." Mehr nicht, und dann gucken, was passiert. Doch als er sie endlich vor sich sieht – sie raucht wie immer und lässt dann den rechten Arm sinken, lässt ihn wie den anderen neben dem Körper herabhängen, mit eingezogenen Schultern, weil sie fröstelt –, hat er nicht den Mut, etwas zu sagen. Er schafft es nicht mal, unbefangen zu sein. Deshalb ist er ungewöhnlich still. Das fällt ihr auf, und sie fragt: „Bedrückt dich irgendwas?", wobei sie ihn kurz freundschaftlich-kumpelhaft umarmt. Er hasst sie. Er begehrt sie.

Sie und Beten? Beten war was für alte Frauen mit Häkelschal, was für Dorfprozessionen – solche, auf denen er sich immer köstlich amüsierte, wenn er sah, wie die Heiligenstatue auf den steilen Wegen und engen Gassen der mittelalterlichen Dörfer gefährlich ins Schwanken geriet. Beten war nichts anderes als ein überholter Selbstbetrug, ein Dialog mit dem Nichts, eine Theateraufführung, wie sie ein Kind seinem Fantasiefreund vorspielt, so wie seine *Big-Bang*-Sendungen vor Fantasiepublikum. Für ihn war Beten ein Zeichen von Schwäche, von Engstirnigkeit. Nicht so angesagt wie die so genannte Meditation – ein Halt für viele Atheisten, gern auch Vegetarier, die um die Lebensmitte herum im großen Stil Osho-Bücher anschafften –, sondern eine Praxis, die in diesem Teil der Welt endgültig der Vergangenheit angehörte, absolut gestrig war. Und wer sich im Orient mehrmals täglich gen Mekka verneigte, war für ihn nichts weiter als die Geisel einer zurückgebliebenen Zivilisationsstufe. Nicht, dass er sich je länger als zehn Minuten Gedanken darüber gemacht hätte: Im Grunde hatte er das Thema immer wieder rasch ad acta gelegt – mit derselben Genervtheit wie damals, als in der neunten Klasse eine ihm völlig fremde Mitschülerin gefragt hatte, warum er beschlossen habe, nicht zum Religionsunterricht zu gehen. Am liebsten hätte er instinktiv gesagt „Was soll der Scheiß? Was willst du von mir?“ Stattdessen hatte er ihr eine Gegenfrage vor den Latz geknallt – „Warum sollte ich?“ –, mit einer Überheblichkeit, bei der jede Widerrede zwecklos war. Da war sie endgültig verstummt.

Es ging nicht darum, sich die Frage nach Gott zu stellen und diese dann zu beantworten. Es ging darum, sie sich erst gar nicht mehr zu stellen. Es war lächerlich, Energie auf eine so illusorische Überzeugung zu verschwenden. Außerdem hasste er Priester, Nonnen, Bischöfe und Kardinäle, ja alle Vertreter einer, in seinen Augen, finsteren und dekadenten Institution – schon rein gefühlsmäßig. Den Papst mit seinen roten Mänteln, die aussahen, als wären sie Porträts aus dem 16. Jahrhundert entsprungen, betrachtete er höchstens mit wohlwollender Ironie. Für ihn war er nichts als ein alter Mann, gefangen in einer lächerlichen Rolle, bedrängt von korrupten, unterwürfigen, gierigen Talarträgern: jemand, der sich mit aller Kraft an einen Felsen klammerte, während ein Windstoß ihn fortzufegen drohte und ihn auch fortfegen würde. Was Glaubensregeln und Gebote betraf, waren sie für ihn das Lächerlichste überhaupt. Das Sakrament der Beichte war doch der Gipfel der Absurdität! Warum sollte man seine so genannten Sünden einem anderen Sünder anvertrauen, der dann zwischen einem selbst und Gott vermittelt? Stille Post mit dem Großen Abwesenden. Außerdem war da ohnehin nichts mehr zu machen: Er hatte masturbiert und tat es immer noch, er hatte unzählige Kondome benutzt und sich keinerlei Mühe gegeben, irgendeiner Versuchung zu widerstehen. Und warum versteifte sich diese Religion eigentlich so auf Sex? Was hat Gott mit Keuschheit zu tun? Wird man zu einem besseren Menschen, wenn man seine Genitalien nicht benutzt? Glaubten Gotteskrieger tatsächlich, dass nach ihrem Tod eine Schar Jungfrauen auf sie wartet? Man brauchte keine Psychiater, um jede Religion für verrückt zu erklären. Man brauchte keine Historiker, um die Verwüstungen aufzuzählen, die Gläubige im Lauf der Jahrtausende auf dem gesamten Planeten angerichtet hatten.

Am Abend des Donnerstags vor Karneval blieben wir noch lange am Tisch sitzen. Teresa hatte süßes Gebäck mitgebracht und war bester Laune. „Wir können uns eine Pizza bestellen", sagte sie und wirkte überaus fröhlich. „Wir machen es uns gemütlich und reden ein bisschen. Ich möchte dir etwas sagen, ich habe einen Entschluss gefasst. Ich will mir einen neuen Job suchen." Ich sagte nichts darauf und sah sie nur an – erst alarmiert, dann überrascht. Über das Vertrauen, die scheinbar wiedergefundene, wiederauflebende Nähe. „Ich bin es leid", fuhr sie fort, „Ich bin es leid, jeden Abend ohne das Gefühl, etwas Sinnvolles getan zu haben, nach Hause zu kommen, und das habe ich nicht verdient, oder?" Sie lachte herzhaft, aber nicht mit den Augen. „So wie ich damals aus Terracina weg bin, konnte ich keine allzu hohen Ansprüche stellen, wie du weißt – nicht nach allem, was passiert ist. Damals konnte ich den Job schlecht ablehnen, den Papa mir besorgt hat, indem er mehrere Freunde behelligt hat. Und die Aussicht, in einem Reisebüro arbeiten zu können, war ja auch gar nicht mal so schlimm. Das hatte was von einer romantischen Komödie und war auf jeden Fall besser als das, was ich vorher gemacht habe – Sachbearbeiterin beim Finanzamt von Terracina. Wie du weißt, bin ich gegen Ende des Sommers nach Rom gekommen, war aber völlig fertig –, gar nicht mehr richtig ich selbst. In dieser Zeit habe ich meine Umgebung kaum noch wahrgenommen, die Stadt hat für mich gar nicht richtig existiert, nur der Viale Giulio Cesare und deine Wohnung, mehr nicht. Jetzt, pünktlich zum Frühlingsanfang, würde ich mein Leben gern wieder selbst in die Hand nehmen und etwas anderes machen. Ich glaube, ich habe genug gelitten, ich kann schließlich nicht ewig in Selbstmitleid baden."

Ich unterbrach sie nicht. Als sie wissen wollte, was ich davon halte, erwiderte ich, dass ich das gut fände, dass ich es richtig fände. Mit Dreißig könne sie sich nicht wegen eines einzigen Ausrutschers ewig bestrafen. „Nenn es nicht Ausrutscher!", sagte sie überraschend barsch. Doch ich schenkte ihr Wein ein und packte das Gebäck aus, und da heiterte sich ihre Miene wieder auf. Sie erkundigte sich nur ein winziges bisschen zu bemüht nach dem Theaterlabor und dann wie aus heiterem Himmel nach Nino. „Was hältst du von ihm?" – „Wenn ich nicht von seinen Qualitäten überzeugt wäre, hätte ich ihm den Kurs nicht gegeben", erwiderte ich. „Nein, das meine ich nicht", sagte Teresa, „ich interessiere mich nicht für seine Qualitäten als Schauspieler, sondern wollte wissen, was du so von ihm hältst, von ihm als Mensch." – „Ich mag ihn." Sie lächelte: „Du weichst meiner Frage aus. Er macht mich neugierig", fügte sie hinzu, „auch wenn er Mist redet. Ich würde gern mehr über ihn wissen, ihn besser kennenlernen. Er ist so lebensfroh." – „Na ja, er ist zwanzig", rief ich ihr ins Gedächtnis, „wie soll er da schon sein?" – „Das hat nichts mit dem Alter zu tun – nicht nur. Außerdem ist er ziemlich hübsch, und das weiß er auch. Wenn er lacht, mit diesen großen Zähnen, die aussehen, als wären es noch seine Milchzähne ..." Sie verstummte. Sie hätte auch noch hinzufügen können, dass es ihr gar nicht mal so viel ausmache, sich montags Woche für Woche vor dem Theater einzufinden, jedenfalls deutlich weniger als donnerstags. Und dass es nett sei, in dem Wissen eine Zigarette zu rauchen, dass er gleich kommen und etwas Unterhaltsames, Albernes sagen werde, das ihre Laune hob. Fühlte sie sich umworben, war es das? Nein, da war noch mehr: Er heiterte sie auf, sorgte dafür, dass es ihr besser ging. Er nahm dem Montag, dem anstrengendsten Tag der Woche, seine Schwere und ließ sie verpuffen wie eine dunkle Wolke. Gern wäre sie ein paar Jahre jünger gewesen oder hätte ihn ein paar Jahre älter gemacht, um mehr von Gleich zu Gleich mit ihm reden zu können. Dann vergaß sie es wieder. Jedenfalls war er im Moment der Einzige, der ihr das Gefühl gab, in dieser Stadt nicht allein zu sein, zumindest nicht ganz. In seiner Gegenwart dachte sie nur noch so selten an Terracina und das, was dort vorgefallen war, daran, wie sie mehr oder weniger von dort geflohen war, dass sie sich beim Heimkommen fragte, ob sie nicht wie durch ein

Wunder eine andere geworden sei und ein neues Leben begonnen habe, ganz ohne Vergangenheit.

„Ihr sollt nicht die Gewissheiten herausarbeiten, sondern die Ungewissheiten", erklärte Nino seinen Schülern, die ihm auf einer Bank sitzend zuhörten wie eine Mannschaft ihrem Trainer. „Die Dialoge in diesem Stück beruhen hauptsächlich auf Doppeldeutigkeiten." Er hatte sich gut vorbereitet. Auf die eine Seite der Tafel hatte er die Namen der Teilnehmer geschrieben und auf die andere die Rollen. „Die Handlung ist ganz einfach: Wir befinden uns Mitte des 18. Jahrhunderts in Frankreich, es gibt da einen jungen Anwalt namens Dorante, der sich um das Vermögen einer reichen Witwe, Araminte, kümmern soll. In nur einem Tag verliebt sie sich leidenschaftlich in ihn, um ihn abends zu heiraten. Ich habe mir gedacht, dass Giancarlo den Dorante spielt und Laura die Araminte. Dann sind da noch Madame Argante, Aramintes Mutter, die sich eine andere Partie für ihre Tochter wünscht, Remy, der Verwalter, der Graf, ein Diener, ein Bote, Mademoiselle Marton, Aramintes Zofe, die bestimmt von Luciana verkörpert werden wird, und noch zwei Diener. Einer, Dubois, ist für die titelgebenden ‚falschen Geständnissen' verantwortlich, aber letztlich lautet die Frage: Was ist wahr und was ist falsch? Der andere Diener, der für Araminte zuständig ist, trägt ein Harlekinkostüm. Wer hat Lust, ihn zu spielen?" Renzo, der zwei Mal die Woche im Sportstudio trainierte, hob schüchtern die Hand. „Für den Harlekin braucht man eine athletische Figur", sagte er. „Der berühmte Harlekin-Darsteller Ferruccio Soleri ist zwar über achtzig, kann aber immer noch springen und tanzen." Daraufhin sah Giancarlo Nino forschend an, um zu kontrollieren, ob ihm der Name was sagte, doch Nino wandte nur rasch den Blick ab und fuhr selbstbewusst mit seinen Erläuterungen fort. „Deine Figur, Laura, die Araminte, spricht zerstreut, sie schweift ständig ab, verliebt sich, *will* sich aber nicht verlieben. Sie belügt sich selbst, fürchtet sich vor den Konsequenzen einer Leidenschaft, die sie zerstören könnte." – „Und Dorante?", fragte Giancarlo wie immer etwas spitz, als wollte er um Aufmerksamkeit heischen. „Dorante", erwiderte Nino, „ist eine nicht ganz eindeutige Figur."

Er gab wieder, was im Einführungstext zum Stück gestanden hatte: „Aber ist er wirklich so voller Zweifel, so unsicher, oder tut er nur so?" Dann schickte er noch hinterher, dass laut dem Dramaturgen ein spielerischer Ton vorzuherrschen habe, und zwar bei allen. Man müsse spüren, dass hinter jedem Satz ein anderer durchscheine, dass er auch eine Kehrseite habe, ja dass etwas Unausgesprochenes mitschwinge.

Die Schüler sahen ihren Lehrer verständnislos an. Ihre größte Sorge in Bezug auf das Stück galt eher weniger schauspielerischen Finessen. „Unser eigentliches Problem besteht darin, den Text auswendig zu lernen", wagte Lucia einzuwenden. „Und dabei musst du uns helfen." Nino beruhigte sie: „Es gibt Tricks. Es kann zum Beispiel hilfreich sein, den Text der anderen Figuren ohne den eigenen auszudrucken. Oder ihn von Hand abzuschreiben. Aber ihr werdet merken, dass er euch von Probe zu Probe besser im Gedächtnis bleibt." – „Können wir die Texte auf der Bühne nicht irgendwo ablesen?" – Darüber macht euch jetzt mal noch keine Gedanken", erwiderte Nino, und eine unerwartete Zärtlichkeit für diese uralten, verletzlichen Kinder stieg in ihm auf. Ausnahmsweise einmal half ihnen ihr großer Erfahrungsschatz in keinster Weise weiter. Das schlechte Gedächtnis, das unzureichende Sehvermögen, die unbeholfenen Bewegungen: In diesem Moment hatte Nino den Eindruck, dass die ganze Sache von vorneherein zum Scheitern verurteilt war.

Er forderte sie zum Lesen mit verteilten Rollen auf. Als Erstes war der Harlekin alias Renzo an der Reihe: *[Dorante hereinbittend:] „Bitte nehmen Sie einen Augenblick in diesem Zimmer Platz, Monsieur; Mademoiselle Marton ist bei Madame und wird gleich kommen." DORANTE: „Ich danke dir." HARLEKIN: „Wenn Sie wünschen, leiste ich Ihnen solange Gesellschaft, damit Sie sich nicht langweilen; wir können uns ja ein bisschen unterhalten."*

Es war nicht nur ein stockender, monotoner Vortrag. Es war eine Katastrophe. Ganz so, als gäbe es nicht den geringsten Berührungspunkt zwischen Renzo Mancini, geboren am 27.5.1941, und Harlekin, diesem Setting, dieser fernen Welt, dieser leicht frivolen, mondänen Eleganz. Mit Dorante lief es auch nicht viel besser, denn Giancarlos Besserwisserei zwang ihn zu deklamieren wie ein emeritierter Professor, wie ein Provinzdarsteller, doch immerhin unterschied ihn das schon mal vom monotonen Vortrag der anderen. Als in der sechsten Szene erstmals Laura Perrotta an die Reihe kam, waren die Erwartungen, die Hoffnung, es könnte etwas Bewegung und Lebendigkeit in die Sache kommen, hoch. *ARAMINTE: „Wer ist der Mann, Marton, der mich eben so charmant gegrüßt hat, als er auf die Terrasse ging? Will er zu dir?" MARTON: „Nein, Madame, zu Ihnen."* – „Sehr gut", sagte Nino, um die beiden zu ermutigen. „Ihr seid nicht länger Laura und Luciana, sondern Araminte und Marton. Ihr müsst denken wie sie, wie eine junge Aristokratin und ihre Zofe, ihr müsst euch auch bewegen wie sie."

Währenddessen beobachtete er die beiden – Luciana in einem pinkfarbenen Sweatshirt und Laura hochelegant, aber völlig aus der Mode gekommen in ihrem hellbraunen Cardigan und der Hose mit Schachbrettkaro. Vielleicht zum ersten Mal wurde er sich des Moments bewusst, in dem ein Schauspieler geboren wird ... oder eben nicht, und zwar bei Lucianas und Lauras offenkundiger Unfähigkeit, etwas anderes zu spielen als sich selbst, über ihr eigenes Leben hinauszuwachsen, für einen Augenblick und für die Ewigkeit, mit all der nötigen geistigen Wendigkeit und Dreistigkeit, die man braucht, um sich voller Überzeugung als Marton oder Araminte auszugeben, ja um sich in sie zu verwandeln. Wenn er da an richtige Schauspieler, an echte Meister ihres Fachs dachte! An deren wunderbare Metamorphose, wenn sie sich denn vollzog. An die Schauspieler auf jeder Bühne dieser Welt – daran wie sie schwitzen, sich heiser reden, gestikulieren, an ihr kindliches Verkleidungsspiel, das sich jeden Abend, zig Abende hintereinander wiederholt: ein ganzes Leben, das damit verbracht wird, fremde Leben zu führen. Das ist einfach nur herrlich und schrecklich zugleich, weil nichts davon bleibt: weder vom echten Leben noch vom falschen, gar nichts. Alles erstirbt wie der Spucketropfen, den man von der ersten Reihe aus erkennen kann – die Lichtperle, die sich in der Luft dreht –, erstirbt wie der Luftzug, den der Körper im Laufen hinterlässt, und der die Ellbogen der Zuschauer erfasst, wenn der Schauspieler von der Bühne springt und durch den Mittelgang eilt: Alles erstirbt, so herrlich es auch ist, der Luftzug, die Geste, der Applaus.

Ein Satz von Luciana alias Mademoiselle Marton blieb ihm besonders im Gedächtnis: *Mich verwundert diese Zuneigung, die uns beide so plötzlich erfasst.*

Er hörte auf, darüber nachzugrübeln, als er das Theater verließ, weil er gezwungen war zu überlegen, was er zu ihr sagen könnte. Zuerst einmal „Hallo“ und dann – auch auf das Risiko hin, wieder mal als unverbesserlicher Frauenheld wahrgenommen zu werden – „Hast du morgen Abend schon was vor?“ – „Nein“, erwiderte sie, „Ich hab schon mit elf Jahren aufgehört, mir an Karneval was vorzunehmen.“ – „Aha“. Mehr brachte Nino nicht heraus. Da klingelte zum Glück ihr Handy, das sie wie immer aus ihrer Handtasche hervorangelte wie aus einem tiefen Brunnenschacht. Er spielte auf seinem herum, um nicht indiskret zu wirken. Der erste Satz, den er nach der Begrüßung mitbekam, lautete: „Ich bin schockiert.“ Er brauchte eine Weile, um zu verstehen, dass es nicht um eine Privatangelegenheit ging, nein nein, sondern um den Rücktritt des Papstes. Der hatte ihn bereits an diesem Vormittag höchstpersönlich angekündigt, mehr oder weniger versteckt in einer Rede auf Latein, die niemand weiter beachtet hatte. An einem x-beliebigen Montag im Februar, als der Himmel über Rom kühl und bedeckt gewesen war. Nino hatte zu diesem Zeitpunkt in einer Bar gestanden, und jemand hatte gesagt: „Der Papst ist zurückgetreten“, woraufhin er bloß dachte: Das soll wohl ein Witz sein?! Es gelang ihm nicht gleich, ins Internet zu kommen, er wartete und sah dann, dass es stimmte. Ihm fiel nichts dazu ein, zumindest nichts Konkretes. Aber je mehr Zeit verging, desto ungewöhnlicher fand auch er das Ereignis, dem er sonst eher keinerlei Bedeutung beigemessen hätte. Doch jetzt wollte er in ihrer Gegenwart etwas Intelligentes dazu sagen, etwas, das sie beeindruckte. Auf keinen Fall durfte er nachplappern, was alle Welt sagte, nämlich dass dieser Schritt etwas mit den dunklen Machenschaften der Kardinäle zu tun habe, mit einem Komplott der Kurie, mit der Vatikanbank, mit einer undichten Stelle, mit pädophilen Priestern.

„Vielleicht wollte er ja nicht in aller Öffentlichkeit sterben, so wie der vorherige Papst?", sagte er vorsichtig. „Was weißt du schon über den vorherigen Papst?", erwiderte sie todernst. – „Ich war damals fünfzehn, also kein Kind mehr." Inzwischen hatte es angefangen zu regnen. Sie suchten Schutz unter dem Vordach und schwiegen. Der Lärm des Unwetters übertönte die Geräusche der Stadt, die Wassermassen radierten die Autos, die Passanten, die Lichter, Via Carini aus, und eine feuchte Dunkelheit legte sich über sie wie eine Form von Traurigkeit. Teresa suchte nach den richtigen Worten, um ihm zu erklären, warum sie so erschüttert war. Und genau in diesem Moment nahm Nino all seinen Mut zusammen und fragte sie danach. Sie reagierte schroff. Wie eine gereizte Lehrerin erklärte sie ihm, dass solche Nachrichten Geschichte schrieben, dass man angesichts eines solchen Ereignisses unmöglich ungerührt bleiben könne. Das habe nichts mit kirchlichen Hierarchien zu tun, die sie kein bisschen interessierten. Das sei einfach eine ebenso überwältigende wie geheimnisvolle Geste, mächtig und zugleich höchst demütig. „Für einen Gläubigen, für Millionen Gläubige auf dieser Welt, ist das jedenfalls ein totaler Schock", sagte sie. „Auf einmal haben wir einen Bezugspunkt, einen Kompass weniger. Für einen Gläubigen ..." Sie wollte gerade fortfahren, als er sie mit der einfachsten und übergriffigsten Frage überhaupt unterbrach: „Und, gehörst du auch dazu?"

Teresa antwortete nicht darauf. Sie lächelte – verlegen, zärtlich – und streichelte ihn kurz: völlig unerwartet, sanft und mütterlich.

Warum war er nur so blockiert? Warum schaffte er es nicht, gleichgültig zu bleiben? Warum versuchte er nicht mal, ihr zu sagen, was er schon die ganze Zeit über dachte – nicht nur zu diesem Thema? Warum war er so betroffen? Warum war es ihm so unglaublich wichtig, in ihre Gedanken vorzudringen? Mal ganz abgesehen davon, dass er eine Riesenlust hatte, mit ihr zu schlafen. Nino schwirrte der Kopf wie vielleicht noch nie in seinem Leben, und das wunderte ihn und machte ihn nervös. Ein neuer Wind war aufgefrischt, der Haare und Überzeugungen durcheinanderbrachte, bisher grundlos verschlossene Türen aufstieß und sie stundenlang laut knallen ließ.

Wie Blätter in einer Allee wurden Dinge, die er wusste und die er nicht wusste, aufgewirbelt und häuften sich an. Dinge, die er irgendwo und von irgendwem aufgeschnappt, in der Schule gelernt und dann wieder verlernt hatte, die ungenutzt verschüttgegangen waren. *Die göttliche Komödie* und ein alter Gott mit Rauschebart; Adam und Eva, beide nackt, und der Schöpfer, der sie bestraft, woraufhin sie sich bedecken; Abraham, Moses und dieses Meer aus Staub und Gewalt; die Opfer der Maya und der Azteken, zerfetzte Torsi, damit die Sonne wieder aufgeht; Meeresungeheuer, die Menschen an stürmischen Tagen ins Verderben locken; jahrhundertealte, von Geistern bewohnte Eichen, Megalithenkreise, die Muttergöttin, die Pharaos und Pyramiden, mit denen er sich in seiner Kindheit kurz, aber intensiv beschäftigt hatte – mit einer Besessenheit, die kein Jahr zuvor noch ausschließlich Dinosauriern gegolten hatte. Dann, in irgendeinem Wald, in den Bergen, diese Schar launischer Arschlochgötter, die ständig verliebt sind, zürnen, Streiche spielen, Pfeile verschießen, die Tiefen der Meere und die Träume bevölkern, die weinen, Regen und Krieg schicken. Nino kratzte auf dem Grund eines Fasses mit Wissen, das sich im Laufe der Jahre darin abgesetzt hatte, und wieder begannen Bäche zu sprudeln, in denen nackte Nymphen baden, aus dieser heilen, sonnigen Welt, die eines Tages wie durch einen bösen Zauber auseinanderfällt, woraufhin alle Götter gemeinsam davonfliegen wie Tauben, nachdem jemand in die Hände geklatscht hat, um nie mehr zurückzukehren. Sandalenträger nehmen ihren Platz ein, laufen durch den Wüstenstaub, erzählen von einem einzigen, alleinigen Gott. Zarathustra, der über den Umweg über Nietzsche auf T-Shirts landen sollte, Konfuzius, Lao Tse und Buddha, verkürzt zu bei linken Intellektuellen beliebten Sinnsprüchen. Jesus von Nazareth, verraten von prunksüchtigen Kardinälen, Mohammed, blamiert von Terroristen. Und dann ihre ach so erhellenden Wahrheiten! Blumen, die auf unerklärliche Weise hervorsprießen, Wasser, über das man gehen kann, Wunder und Wiederauferstehungen – diese jahrtausendalte, unendliche Geschichte von Offenbarungen, die einander gegenseitig richtigstellen, auslöschen – bis hin zu den Zeugen Jehovas, den von Scientology besessenen Schauspielern und den jungen Leuten in orangefarbenen Gewändern. Alles verlorene Seelen, die sich einem irrationalen Glauben verschrieben haben, einem Glauben an das, was wir so gern für wahr halten wollen.

Endlich nahmt ihr gegenüber voneinander Platz, von einer ganz neuen Angst erfüllt, nämlich der, euch zu lange in die Augen zu schauen und etwas zu enthüllen, das ihr weder sagen konntet noch wolltet. Nino schlug wieder einen Ausflug vor: „Das Grillfest in Camerata haben wir verpasst, aber es gibt Auswahl genug – wie wär's mit dem Falia- und Stängelkohlfest in Priverno?" – „Falia?" – „Ja, eine Art Focaccia. Wir sind auch noch rechtzeitig dran für ein Wurstfest bei Latina oder aber für das Polenta-Fest in Licenza. Was wär dir am liebsten?" Teresa sagte, dass sie nach wie vor nicht verstehe, warum ihn die örtliche Folklore dermaßen amüsiere. Nino suchte nach einer schlagfertigen Antwort, nach einer albernen, lustigen Erklärung, doch ihm fiel nichts ein, und er sagte: „Wenn wir uns auf ein Fest einigen und zusammen hinfahren, werd ich versuchen, es dir zu erklären." – „Ich war schon mal mit." – „Ich meine doch nur wir zwei", konterte er, „es war doch gerade erst Valentinstag." – „Eben, es *war* Valentinstag", sagte Teresa. „Leider." Sie begann zu lachen, und ihr lachtet gemeinsam. Dann war sie diejenige, die vorschlug, noch etwas essen zu gehen. „Es gibt da ein Lokal ganz in der Nähe vom Theater. Lass uns ein Glas Wein trinken und eine Aufschnittplatte bestellen, wenn du magst. Die haben dort auch tollen Käse, es ist ein netter Laden, die Wand ist über und über mit Uhren bedeckt, damit ich auch ja nicht vergesse, dass ich in einem Reisebüro arbeite."

Ihr nahmt gegenüber voneinander Platz, und nach einer Weile bat Teresa darum, die Plätze zu tauschen: Immer wenn die Tür aufging, wurde sie von einem kalten Luftzug erfasst. Als sie sich umschaute, befiel sie die Angst – eiskalt wie die Luft von draußen –, jemand könnte ihren Altersunterschied bemerken. Ihr bestelltet eine gemischte Platte, zwei Bruschette – „Die sind bestimmt nicht so gut wie die in Casaprota, aber egal" – und zwei Gläser Weißwein. Ihr prostetet euch zu, trankt auf nichts Besonders, woraufhin Nino sie fragte:

er und seinesgleichen schlittern
auf der langen Bahn hinunter,
frei wie die gottverdammten Vögel

Philip Larkin

„Gefällt dir deine Arbeit?"

„Wird das ein Vorstellungsgespräch, Nino? Willst du mich verhören?"

„Ja. Tun wir so, als ob das ein Verhör wäre."

„Ich weiß nicht, ob mir meine Arbeit gefällt. Es hat sich einfach so ergeben. Aus meiner Sicht gibt es Schlimmeres, deutlich Schlimmeres als Reisen für Leute zu organisieren, die nicht gelernt haben, das selbst zu tun. Trotzdem würde ich mich gerne beruflich verändern."

„Warum?"

„Um mal was anderes zu machen. Ich habe Lust auf was anderes."

„Und worauf hättest du Lust?"

„Keine Ahnung, auf jeden Fall auf etwas, das mir das Gefühl gibt, etwas Sinnvolles getan zu haben ... Etwas, das mich erfüllt."

„Und jetzt fühlst du dich abends nicht erfüllt?"

„Nicht von der Arbeit an sich. Na ja, wenn ich mitbekomme, wie sich ein Pärchen auf die Hochzeitsreise freut, die es bei mir gebucht hat, dann schon, dann freut mich das natürlich auch. Aber nachdem ich die x-te Zugfahrkarte ausgedruckt habe, schalte ich ab und bin mit den Gedanken woanders."

„Jeder ist bei der Arbeit mit den Gedanken woanders."

„Das bedeutet, dass sich die Leute langweilen. Ich will mich aber nicht langweilen."

„Gefällt es dir denn nicht beziehungsweise macht es dir denn keinen Spaß, all die fremden Städte aufzuzählen, dir die Reisen auszumalen?"

„Doch, und darin bin ich unschlagbar. Ich male sie mir immer aus, male mir alles aus. Hin und wieder drehe ich mich um und werfe einen Blick auf die Weltkarte. Dann denke ich: Wer weiß, was dort gerade passiert. Denkst du das nie?“

„Nein. So gut wie nie.“

„Ich ständig. Warum bin ich hier und nicht woanders? Was verpasse ich, wenn ich hier bin und nicht woanders?“

„Du stellst seltsame Fragen.“

„Neulich hab ich etwas über einen fünfzehnjährigen Jungen gelesen, der in Goma lebt ...“

„Wo liegt Goma?“

„In der Demokratischen Republik Kongo.“

„Ich könnte nicht sagen, wo das ist.“

„In Zentralafrika. Mit gerade mal Fünfzehn moderiert er eine Radiosendung über Kinderrechte. Toll, oder? Ich lese also einen Artikel in der *Internazionale* und denke an diesen kleinen Jungen, den ich nie kennenlernen werde. Daran, wie das Leben im Kongo an einem x-beliebigen Tag wohl aussieht, an alles, was ich nie erleben, niemals wissen werde.“

„Du könntest dorthin reisen.“

„Ganz bestimmt nicht!“

„Wieso?“

„Dafür bin ich viel zu aufgeregt. Viel zu ängstlich.“

„Hast du Angst vorm Fliegen?“

„Das auch.“

„Und wovor noch?“

„Einfach vor allem. Das ist nichts, was ich kontrollieren kann. Aber egal, darum geht es eigentlich gar nicht.“

„Worum dann?“

„Wie soll ich dir das erklären? Es ist, als stünde ich vor einer Aufgabe, die ich nicht lösen kann.“

„Aufgaben konnte ich noch nie lösen. Solche wie: ‚Eine Frau geht auf den Markt, um ein Kilo Äpfel zu kaufen. Um dorthin zu gelangen, braucht sie zwanzig Minuten für zwei Kilometer.‘ –

Weißt du noch?"

„Allerdings."

„Ich habe mir immer gedacht: Wieso nimmt sie nicht einfach das Auto?"

„Ich meinte eine andere Art von Aufgabe, von Problem. Kein Mathematisches."

„Ich weiß, das war bloß Spaß."

„Mein Problem ist meine Beziehung zur Welt."

„Ein seltsames Problem."

„Fragst du dich nie, in welcher Beziehung du zur Welt stehst? Zu dem, was geschieht, wo du nicht bist? Zu den Milliarden Menschen, die du nicht kennst? Welche Beziehung *tatsächlich* zu all den anderen existiert, die gleichzeitig mit dir leben?"

„Ich muss gestehen, dass ich mich das nie frage."

„Ich verstehe das. Das sind Gedanken, die ..."

„... ziemlich speziell sind."

„Irgendwie habe ich das Gefühl, dass all das unsere Fähigkeiten bei Weitem übersteigt. Aber vielleicht wäre es normaler, nur an sein eigenes Leben zu denken, Schluss, fertig, aus."

„Na ja, manchmal ist man mit dem eigenen Leben beschäftigt genug."

„Hast du eigentlich immer eine schlagfertige Antwort parat?"

„Fast immer."

„Willst du damit sagen, dass ich diese Gedanken nur habe, weil ich sie mir leisten kann?"

„Nein, wie gesagt, das war einfach nur so eine flapsige Bemerkung. Aber wenn man zu weit über den eigenen Tellerrand schaut, ist es doch ganz normal, dass man es mit der Angst bekommt. Manchmal besteht das Geheimnis darin, nur einen kleinen Ausschnitt zu betrachten."

„Vielleicht hast du recht. Aber ich mag keine Leute, die sich fast nur mit ihrem eigenen Leben beschäftigen."

„Woran erkennst du die?"

„Wenn sie reden, wirken sie so, als wäre die Welt nur für sie da.

Sagen sie dann noch ständig *Ich,* denke ich an die Entfernungen zwischen den Planeten und muss lachen. Für mich leben sie in einer Art Blase."

„Du bist seltsam."

„Du etwa nicht? Du hast den ganzen Käse liegen lassen. Darf ich?"

„Gern."

„Schmeckt er dir nicht?"

„Nein."

„Siehst du, wir sind eben alle ein bisschen *seltsam!*"

„Ich soll seltsam sein, nur weil ich keinen Käse mag?"

„Nein, aber was man mag oder eben nicht mag, hat objektiv betrachtet etwas Seltsames. Es ist rätselhaft."

„Und was magst du nicht?"

„Regen."

„Ich meinte eigentlich was zu essen."

„Nudeln mit Butter. Nudeln mit einfacher Tomatensauce."

„Bestellen wir noch was? Auf jeden Fall noch ein Glas Wein. Hast du Hunger?"

„Teilen wir uns eine gefüllte Focaccia?"

„Was denn für eine?"

„Schau in die Speisekarte, mal gucken, ob du dieselbe willst wie ich."

„Ich bin für kantabrischen Thunfisch und Oliven."

„Ich auch!"

„Siehst du, wir können heiraten, wir haben viele Gemeinsamkeiten."

„Kantabrischen Thunfisch, jawohl, und sonst ...?"

„Ich bin ein großer Fan von Thunfisch, schon immer, und zwar in jeglicher Form. Ich bin ein Thunfisch-Spezialist, wenn man so will."

„Thunfische dürften das anders sehen."

„Ich weiß sie jedenfalls zu schätzen."

„Kannst du eigentlich nie aufhören, herumzuflapsen?"

„Das kommt schon mal vor."

„Wann zum Beispiel?"

„Das darf man einer Frau gegenüber nicht in den Mund nehmen."

„Hör auf damit!"

„Wenn ich die Wäsche mache, flapse ich nicht herum. Auch nicht, wenn ich Blumen gieße. Die haben keinen Sinn für Humor."

„Kannst du mir mal was erklären?"

„Ich versuch's."

„Warum amüsiert es dich so, zu irgendwelchen Provinzfesten zu fahren und dich den Leuten mit deiner Videokamera aufzudrängen?"

„Fängst du schon wieder damit an? Das ist auch bloß eine Möglichkeit von vielen, die Realität zu dokumentieren."

„Und ironisch zu sein."

„Ja. Ist das denn so schlimm?"

„Nein, ich möchte es bloß gern verstehen."

„Was gibt es denn da zu verstehen?"

„Warum du mit einem so ironischen Blick auf Leute aus der Provinz schaust. Fühlst du dich denen überlegen?"

„Nein, das nicht."

„Bist du in Rom geboren?"

„Ja, und du?"

„In Terracina."

„Da war ich noch nie."

„Warum solltest du."

„Um dich schon früher kennenzulernen. Wann bist du nach Rom gezogen?"

„Gegen Ende des Sommers."

„Und was hast du vorher gemacht?"

„Ich hab bei der Gemeinde gearbeitet."

„Bis dich das gelangweilt hat, stimmt's?"

„Das ist eine lange Geschichte."

„Ist es auch ein Geheimnis?"

„Ja, das auch."

„Dann will ich nicht weiter in dich dringen."

„Und selbst wenn – ich würde es dir sowieso nicht erzählen."

„Manchmal bist du richtig unsympathisch."

„Ich weiß. Alle Frauen sind so. Manchmal. Aber nur, weil du in einer Großstadt geboren bist, heißt das noch lange nicht, dass du Leuten, die in irgendeinem Kaff zur Welt gekommen sind, überlegen bist.

„Das habe ich nie behauptet."

„Aber gedacht."

„Das sagst du."

„Ironie dient dazu, sich über andere zu erheben. Aber auch, um sich zu schützen."

„Außerdem sorgt sie für eine gewisse Leichtigkeit im Leben."

„Ich bin also anstrengend."

„Manchmal hab ich diesen Eindruck, ja."

„Willst du wissen, was mein Eindruck von dir ist?"

„Dass ich äußerst faszinierend bin."

„Aber klar doch. Heißt du wirklich Nino, bloß Nino?"

„Gefällt dir der Name nicht?"

„Er ist selten."

„Ich heiße wie eine Metro-Haltestelle, wie ein Stadion und wie ein Abschnitt des Tiberkais: Flaminio."

„Flaminio."

„Ja."

„Das ist sehr schön. Sehr vornehm."

„Mir hat der Name nie gefallen. Außerdem hab ich immer gefunden, dass das kein passender Name für einen Schauspieler ist."

„Da täuschst du dich."

„Ich wollte einen eigenen Namen."

„Ist Flaminio denn nicht dein eigener Name?"

„Nein, mein Urgroßvater hieß schon so."

„Und du jetzt eben auch. Mir gefällt er."

„Wenn du willst, darfst du ihn verwenden – aber nur du!"

„Ich fühle mich geehrt, Flaminio."

„Das klingt seltsam."
„Magst du einen Nachtisch?"
„Ja. Die machen hier eine gute Crostata."
„Dann nehme ich die Crostata."
„Noch ein Glas Wein?"
„Das letzte."
„Hör mal, ich wollte dir noch was sagen. Ich hab dich in der Kirche gesehen, am vorletzten Sonntag."
„In welcher Kirche?"
„Aquila und Priscilla."
„Sankt Aquila und Priscilla. Ja, und?"
„Nichts. Ich hab mich nur gewundert. Ich war auf der Taufe vom Sohn meiner Cousine, und als ich mich umgedreht habe, hab ich dich gesehen. Du saßt in der letzten Bank. Du bist reingekommen, kurz geblieben und dann wieder gegangen."
„Findest du das so ungewöhnlich?"
„Ein bisschen schon."
„Und was genau ist daran ungewöhnlich?"
„Nichts. Dich dort zu sehen. In der Kirche."
„Es gibt Leute, die machen ungewöhnlichere Dinge."
„Warst du zum Beten da?"
„Was soll man in einer Kirche denn sonst machen?"
„Jetzt wirst du aber ironisch!"
„Ja."
„Ich wollte dich nicht in Verlegenheit bringen."
„Ich bin nicht verlegen."
„Du verteidigst dich."
„Kann sein."
„Du glaubst also an Gott."
„Das ist schließlich keine Krankheit."
„Ich finde das seltsam."
„So wie wenn man dich Flaminio nennt?"
„Noch seltsamer."
„Kennst du sonst niemanden, der an Gott glaubt?"

„Doch schon. Aber diese Leute sind normalerweise drei Mal so alt wie ich."

„Und die sind natürlich alle total *seltsam!* Meinst du, der Glaube an Gott ist nur was für alte Leute? Für solche, die kurz vor dem Tod stehen?"

„Nein, aber ich glaube, dass er was mit Angst zu tun hat."

„Mit der vor dem Tod?"

„Mit der ganz besonders."

„Du hältst Gott für eine Illusion."

„Ja."

„Und das bedrückt dich?"

„Ich stelle hier eigentlich die Fragen."

„Antworte mir, bedrückt dich das?"

„Ich versteh die Frage nicht."

„Wenn er keine Illusion wäre – würde dich das dann freuen?"

„So hab ich das noch nie betrachtet. Ich weiß nur, dass er eine Illusion ist."

„Das weißt du."

„Ich weiß, dass der Glaube an ihn irrational ist. Nicht wissenschaftlich."

„Glaubst du immer nur das, was du siehst? Was du bereits weißt?"

„Ich glaube, dass keiner übers Wasser laufen kann. Dass keiner aus dem Totenreich zurückkehrt. Dass keiner geheilt wird, nur weil er betet."

„Du hast viele Gewissheiten."

„Nein, ich lehne nur die von Leuten ab, die glauben. Ihre Überheblichkeit."

„Das ist dieselbe wie die von denen, die nicht glauben. Hast du dich nie gefragt, ob du dich da vielleicht täuschst? Selbst wenn die Wahrscheinlichkeit nur eins zu einer Million beträgt?"

„Nein, weil jede Religion das Gegenteil von Logik ist."

„Glaubst du, dass alles einer Logik gehorcht?"

„Ja, ich glaube, dass das so sein muss."

„Hast du als Kind je Angst im Dunkeln gehabt?"

„Ja, aber das hat sich irgendwann gelegt."

„War diese Angst rational?"

„Nein."

„Und trotzdem hast du sie gehabt. Ich habe bis zum vollendeten elften Lebensjahr mit einem brennenden Nachtlicht geschlafen. Eine Art grünes Auge neben der Tür, das die ganze Nacht weit aufgerissen war. Als meine Eltern es mir weggenommen haben, dachte ich, ich muss sterben. In dieser Nacht habe ich ein Gebet gesagt, und das hat mich beruhigt."

„Siehst du, es hat immer was mit Angst zu tun."

„Nein, aber mit etwas, das einen tröstet, das man tief in sich trägt."

„Was zum Beispiel?"

„Etwas, das einem ein Gefühl von Sicherheit gibt."

„Aber es ist nicht gesagt, dass dieses Etwas Gott, Jesus oder Buddha heißt. Außerdem mag ich diese Vorstellung nicht, ich denke nicht gern darüber nach."

„Du denkst nicht gern darüber nach, weil du noch nie versucht hast, richtig darüber nachzudenken."

„Gott ist eine Erfindung des Menschen. Um sich damit zu trösten."

„Nur weil du Atheist bist, heißt das nicht, dass du nicht auch glücklich sein könntest, wenn alles einen Grund hätte."

„Ich kann auch glücklich sein, ohne diese Gründe zu kennen."

„Vielleicht bist du nur abgelenkt."

„Man kann sein Leben lang abgelenkt sein, das Leben selbst ist Ablenkung."

„Auch du wirst irgendwann weniger abgelenkt sein. Zumindest einmal wirst du das auch erleben."

„Mich irritiert diese, deine ... Weisheit."

„Das ist keine Weisheit, das ist Lebenserfahrung."

„Du bist schließlich noch nicht achtzig."

„Nein, aber die wirklich wichtigen Fragen stellen sich bereits Kinder. Vor allem Kinder! Wann hast du damit aufgehört?"

„Ich hab erst gar nie damit angefangen."

„Hältst du das für unwichtig?"

„Ich halte es nur nicht für besonders sinnvoll."

„Tröstet dich die Vorstellung, dass wir bloß das Diesseits haben?"

„Es geht nicht darum, ob es mich tröstet oder nicht. Es ist einfach die Wahrheit."

„Eine unbewiesene Wahrheit."

„Ja, genau wie deine. Die Existenz Gottes ist nie bewiesen worden."

„Aber auch nicht seine Inexistenz. Hör zu, Nino, ich will dich zu nichts bekehren, wir unterhalten uns bloß."

„Willst du mich provozieren?"

„Der Gedanke provoziert dich, nicht ich. Aber du gibst ihm gar keinen Raum."

„Warum sollte ich? Angenommen, du wärst in Ägypten oder in Iran geboren worden, dann wärst du jetzt Muslimin. Und wenn du in Japan geboren wärst ..."

„Das ist eine reichlich beschränkte Sicht der Dinge. Wie dem auch sei, ich bin mir dessen bewusst. Aber das ändert nichts an meinen Gefühlen."

„Also?"

„Nichts also! Ich habe selbst mitangehört, wie ein Fußballfan gesagt hat, dass er sogar noch als Mailänder Rom-Fan wäre."

„Das war ein Scherz."

„Ich weiß nicht. Manchmal kann auch Unglaube Glaube sein. Nur dass die Leute das nicht merken. Ich habe Eltern, die ihre Kinder aus dem Religionsunterricht nehmen, immer etwas verbohrt gefunden."

„Ich bin nach der Grundschule auch nicht mehr zum Religionsunterricht gegangen."

„Hast du Angst gehabt, deswegen gemobbt zu werden?"

„Nein, ich konnte bloß die Priester, Nonnen, Bischöfe und Kardinäle nicht ausstehen. Es ist einfach stärker als ich."

„Das ist ein Vorurteil und hat nur wenig mit dem Gespräch zu tun, das wir gerade führen. Weißt du, was uns wirklich voneinander unterscheidet? Dass du stolz darauf bist, nicht an Gott zu glauben, ich aber nicht darauf, an ihn zu glauben. Für mich ist der Glaube eine schlichte Notwendigkeit."

„Aber die Welt ..."

„Willst du mir gerade erzählen, dass es so viel Schmerz auf dieser Welt gibt, so viel Böses und so weiter? Wenn ich meinen Glauben nicht hätte, käme mir die Welt noch viel schlimmer vor."

„Ich verstehe nicht, wie und wobei der Glaube helfen kann."

„Er verhilft mir zu mehr Leichtigkeit, aber damit meine ich weder Spaß noch Ironie. Es ist, als würde eine extrem schwere Last von einem abfallen."

„Ich habe immer einen drohenden Gott mit erhobenem Zeigefinger vor mir. Ich höre zwar, was du sagst, kann dir aber nicht folgen."

„Du musst mir auch gar nicht folgen. Ich erzähle das nicht, um dich zu bekehren. Glaubst du etwa, alle Gläubigen sind so aufdringlich wie ein Wahlwerbespot?"

„Ich kenne genug Leute, die sich so benehmen."

„Na ja, ich gehöre jedenfalls nicht dazu."

„Vielleicht hätten wir dieses Thema lieber nicht anschneiden sollen."

„Warum?"

„Das ist wie Politik: Man fängt sofort an zu streiten."

„Wir streiten doch gar nicht. Zumindest ich streite nicht. Ich habe nur manchmal in deinem Blick mehr als bloß Verwunderung gesehen. So als würdest du mich bemitleiden."

„Mir ging es ganz genauso."

„Dann sorgen wir dafür, dass niemand den anderen bemitleiden muss."

„Komm, vertragen wir uns wieder."

„Wir haben doch gar nicht gestritten."

„Vertragen wir uns trotzdem wieder!"

Es war, als spieltet ihr Pingpong mit Worten, hochkonzentriert, aggressiv wenn es sein musste und voller nervöser Anspannung, ob der eigene Schlag saß. Von außen betrachtet hätte man meinen können, ihr würdet streiten, was einige bestimmt auch glaubten: so ein typischer Schlagabtausch zwischen zwei Menschen, die aufgehört haben, sich zu lieben – Grausamkeit, die sich als kühle Gelassenheit ausgibt. Als die Hintergrundgeräusche lauter wurden, erhobt ihr instinktiv die Stimme, und nach der Sache mit dem liegen gelassenen Käse, ungefähr da, als Teresa fragte, „Fühlst du dich ihnen überlegen?“, sprudelten eure Worte so schnell hervor, dass ihr mit dem Denken gar nicht mehr hinterherkamt, und allein dadurch, dass ihr ausspracht, was in Gedanken noch vage, verschwommen gewesen war, bekam es so was Endgültiges. „Nein, das nicht“, erwiderte Nino, dabei hätte er eigentlich sagen müssen: „Nicht mehr, nicht jetzt.“ Stattdessen kam er sich vor wie ein Superheld mit versiegten Superkräften, der krampfhaft versucht, die der anderen zu enträtseln. Als Teresa sagte, „Hör zu, Nino“, da verstärkte sich das Leuchten in ihren Augen, sodass sie einen freundlichen, verständnisvollen Ausdruck bekamen. Daraufhin sagte er, „Willst du mich provozieren?“ und spürte vielleicht zum ersten Mal in seinem Leben, dass er es mit einem Geheimnis zu tun hatte. Mit einem Geheimnis in der Gestalt einer jungen Frau, was es noch rätselhafter, ja noch irritierender machte. Du trägst ein kurzes Kleidchen und redest von Gott!, dachte er. Dein seidig-glänzendes Haar ... Hundert Mal hast du es dir schon hinters Ohr gestrichen, und hundert Mal bin ich fast gestorben vor lauter Sehnsucht nach dir. Du redest von Gott und bist wunderschön: Ich wüsste gern, wie viele sich schon in dich verliebt haben, trotzdem scheinst du dir deiner Schönheit kein bisschen bewusst zu sein, so als ginge sie dich gar nichts an, als hätte sie nichts mit dir zu tun.

Am liebsten wäre er unter den Tisch gekrochen, um ihre Beine zu bewundern, aber auch, um hinter ihren Taschenspielertrick zu kommen. Und weißt du was?, hätte er sie gern abrupt unterbrochen, genau das gefällt mir ja so an dir, dass du so *erwachsen* bist! Dein Kopf ist voller komplizierter Mechanismen, wie die einer Uhr: lauter kleine Zahnräder, Schrauben, Wellen, Hebel und Ringe – kann es etwas Geheimnisvolleres, Vollkommeneres geben? Selbst wenn ich der Geburt des Streichholzes, der Dampflokomotive, der Glühbirne, des Telefons, des Fernsehers oder des ersten schrankgroßen Computers beigewohnt hätte, könnte mein Staunen nicht größer gewesen sein als das heute Abend angesichts von dir. Angesichts dessen, was sich alles so im Kopf eines Menschen verbirgt. Andererseits – ist nicht alles daraus entsprungen so wie Athene dem ihres Vaters Zeus – auch das Streichholz, die Dampflok, die Glühbirne und das Telefon?

Vielleicht zum ersten Mal hätte Nino sonst was darum gegeben, sich in diesem Moment, im Beisein dieser jungen Frau, unbefangen zu fühlen. Wenn wir es gewohnt wären, den Gedanken, so wie sie vom Neuronenfeuerwerk erzeugt werden, eine Stimme zu geben, wenn wir stets offen und transparent wären, wäre dann nicht alles viel leichter? Na ja, hätte Teresa darauf erwidert, an irgendwas glauben wir doch alle. An Außerirdische. An Gespenster. An Verschwörungstheorien. An das Glücksarmband beim Vorstellungsgespräch. An Wunder-Diäten. Um dann noch hinzuzufügen, dass auch Darwin, auch Einstein … Aber egal, ich will dir keinen Vortrag halten. Woraufhin er entgegnet hätte: Du gefällst mir. Ich weiß nicht, warum, das kann man nicht erklären, aber so ist es nun mal. Und sie: Du bringst Unbeschwertheit in mein Leben, ich habe eine heftige Zeit hinter mir, schlimmes Chaos, aber ich will nicht darüber reden, und genau das ist es ja: Wenn ich mit dir zusammen bin, muss ich nicht mehr sooft daran denken. Doch in der Realität fragte sie ihn schroff, wann er aufgehört habe, sich die wirklich wichtigen Fragen zu stellen. „Ich hab gar nicht erst damit angefangen“, erwiderte er halb stolz, halb gereizt. Dabei waren ihm noch nie so viele Fragen durch den Kopf gegangen wie an diesem Abend. Zu Gott? Nein, und auch nicht zum Ursprung der Welt, zu Schwarzen Löchern oder zur Antimaterie. Dafür Fragen wie: Und deine Eltern, was machen die so? Wann hast du zum ersten Mal einen Jungen geküsst? Wann hattest du zum ersten Mal Sex? Wie war das? Wie viele Männer hast du schon gehabt? Wie warst du so als Kind? Welche Unterwäsche trägst du? Hättest du Lust, irgendwann mal mit mir zu verreisen? Welche Musik hörst du? Welche Filme gefallen dir?

Im Grunde war seine Wissbegierde noch nie so groß gewesen. Doch selbst wenn er ihr tatsächlich jede dieser Fragen gestellt, und sie sie allesamt beantwortet hätte, hätte er ihr Geheimnis bloß gestreift. Stattdessen hätte er sie lieber fragen sollen: Wo warst du am 8. September 1996, dem Sonntag vor meiner Einschulung?

Er war noch ein Kind, sie schon ein junges Mädchen: dreizehn Jahre alt und mit einer weißen Lilie in der Hand, herausgeputzt für die Dorfprozession. Es ist ein Vormittag im Spätsommer beziehungsweise fast Mittag, in der Sonne ist es noch sehr heiß. Die alten Frauen wedeln mit ihren Fächern, das Megaphon verbreitet ihren falschen Gesang. *Lobt Goooootl / in allen Laaaanden / und lasst uns fröööööööhlich sein* … „Meine überaus geliebten Brüder und Schwestern", sagt der Pfarrer: Er liest einen mit Schreibmaschine geschriebenen Text ab und gerät ins Stocken. Eine Frau mit dunklem Gebetsschleier sieht ihn mitfühlend an, mütterlich, den Rosenkranz fest in der Hand – eine winzige Schildkröte, die mit langsamen Schritten aus einer anderen Zeit herübergekommen ist. Schwester Luigina schaut zu Teresa hinüber und segnet sie mit den Augen: Die erinnert sich noch gut an den Tag ihrer Erstkommunion. Sie war die Beste gewesen und hatte in ihrem Heft auf eine neue Seite geschrieben: *Ein wirklich wichtiger Tag.* Ständig ordnete sie den Pony, der ihr über den Brillenrand fiel und ballte ununterbrochen die Fäuste, nur manchmal öffnete sie sie, um sich die feuchten Handflächen abzuwischen und den Tüllstoff ihres Kleides, das an das einer Braut erinnerte, zurecht zu zupfen. Am frühen Morgen, als die Verwandten kamen und gingen – piekfeine Leute, von denen sie viele noch nie gesehen hatte und die mit einer unpassenden Vertraulichkeit Zuneigung heuchelten –, hatte sie sich für zehn Minuten in ihrem Zimmer eingeschlossen, und da war Stille eingekehrt, in ihrem Kopf und in ihrer Umgebung – eine Stille, wie sie dort noch nie geherrscht hatte. Sie hatte sich einsam gefühlt, verängstigt und glücklich, bereit für die Begegnung mit dem Unsichtbaren und mit dem Leben. Es war so schön gewesen, so fest zu glauben: für eine Stunde, für einen Tag. Die Schläfen pulsieren, im Moment der Gabenbereitung schiebt Schwester Luigina Teresa nervös zum Altar. Als sie erst einmal kniet – mit geschlossenen Augen, die Hände vorm Gesicht wie ein Schutzschild –, ist Jesus ein Schatten, der am Ende eines Flurs auf sie wartet. Drei Jahre später hat sie gelernt, aus der Nähe zu ihm zu sprechen, ohne zu flüstern – von einer Stille zur anderen.

Was hätte Nino zu diesem jungen Mädchen sagen sollen? Vermutlich hätte er sie nicht einmal eines Blickes gewürdigt – die Zahnspange, die kleinen, spitzen Brüste unter der Bluse. Doch vermutlich könnte nur sie ihm erklären – und zwar mit unendlich viel einfacheren, treffenderen Worten als die, die Teresa heute zur Verfügung hat –, was sie fühlt, wenn sie betet. Die Gesten sind einfach, dafür genügt ein einziger Kirchenbesuch, dafür genügt die eigene Oma. Sie setzt sich, du setzt dich, sie kniet sich hin, du kniest dich hin, sie schlägt sich gegen die Brust, du schlägst dir gegen die Brust. Wenn die Glocken läuten, machst du die Augen auf, siehst die Hostie, die der Priester emporhält, siehst deine Oma, deren Stirn auf gefalteten Händen ruht, nicht traurig, sondern ernst, tiefernst, konzentriert wie über den Briefen von der Bank, ja noch konzentrierter – in dem Wissen, dass sie nicht alles verstehen wird, mit ihren gerade mal drei Jahren Schulbildung. Du beobachtest sie noch eine Weile, schließt dann erneut die Augen, ganz fest, und fragst dich, was sie da für Sätze, was für Namen murmelt, wenn sie betet. Und jetzt tust du es ihr nach, du betest, jawohl, so als würdest du um dich herum Raum schaffen und in dich hinabsteigen, Teresa in Teresa, mitten ins Herz von Teresa. Deine Oma öffnet den Schutzpanzer ihrer Hände und steht auf, du stehst auch auf, du hast Gott um nichts Besonderes gebeten, nur inbrünstig darum, dass es ihn gibt, das schon: Und du hast ihn vor allem ihr zuliebe darum gebeten, deiner Oma zuliebe, ihres unverbrüchlichen Glaubens zuliebe, der stumm, aber unerschütterlich ist, auch angesichts von Trauerfällen und Krankheiten, angesichts von allem, angesichts des Mannes, der immer wieder flucht „Was betest du denn da für einen Scheiß!“, worauf sie nicht reagiert, sondern stumm bleibt, mit diesem Ausdruck im Gesicht, der nicht beleidigt ist, sondern nur traurig, enttäuscht, und den Teresa nie mehr vergessen wird.

Man müsste sämtliche Kalender ändern, was leider nicht geht, um dafür zu sorgen, dass ihr gleichzeitig dreizehn seid: An dem Morgen, an dem Nino in dieses Alter kommt, liegt unter dem Küchentisch ein Fahrrad mit Schleife um den Lenker. Er lächelt, bedankt sich und hofft, dass das nur ein Vorgeschmack auf das Mofa im nächsten Jahr ist. Währenddessen ist Teresa in weiter Ferne, auf dem Planeten der Zwanzigjährigen, sie ist Betreuerin im Schulsommerlager, hat sechs Jahre zuvor die Zahnspange rausbekommen und den ersten Jungen geküsst. Der wollte das unbedingt, sie hat nur die Augen geschlossen, ohne auch nur die Lippen zu spitzen. Es war rasch wieder vorbei und hat nach nichts geschmeckt. Ihre längste Beziehung hat ein paar Monate gedauert. Nach ihrem achtzehnten Geburtstag hielt sie es für angebracht, Erfahrungen zu machen, wenn auch ohne große Überzeugung, es ging darum, samstagnachmittags händchenhaltend den Corso auf und ab zu spazieren, sich zu küssen und im Schutz des Autos zu erkunden. Aber nie sehr weit, nie zur Gänze. Für Nino sind Mädchen noch etwas Abstraktes, konkret nur insoweit, als sie Körper in dem Raum sind, der auch ihn umgibt, von so hautengen Leggings definiert, dass er manchmal ganz verlegen davon wird. Noch ist das Staunen über seinen ersten Spermatropfen sehr lebendig, seit einem Jahr versucht er es immer wieder, auch zwei, drei Mal hintereinander, als handelte es sich um einen Hydrauliktest in Endlosschleife. In der Schule läuft es nicht besonders gut: Obwohl er stundenlang den Clown spielt, klingt das Läuten bei Schulschluss unheimlich wie eine Drohung. Wenn er nach Hause kommt, ist niemand da. Er isst hastig vor dem Fernseher, wirft sich aufs Bett und umklammert den Joystick der PlayStation wie seinen Pimmel – mit den gleichen, raschen Bewegungen. Mit den Hausaufgaben beginnt er erst, wenn es bereits Zeit zum Abendessen ist. Kein einziges Mal erledigt er sie vollständig. Seine Mutter erkundigt sich danach, er lügt, und sie belässt es dabei, hat keine Lust, blöd angeredet zu werden. Sein Vater taucht ein, zwei Mal im Monat in Gestalt eines Geländewagens auf, der draußen vor dem Tor wartet. Nino steigt zu, und sie drehen immer dieselbe Runde, hören wortlos Jazz in voller Lautstärke, essen bei McDonald's und erst da, mit vollem Mund, beginnen sie in immer gleichen, von Mal zu Mal leicht abgewandelten Sätzen, über die nahe Zukunft zu sprechen. Nino hat erst vor Kurzem damit aufgehört, sich in dem Fernseher zu zeigen, den sein Opa ihm für seine häuslichen Aufführungen umgebaut hat. In letzter Zeit hat sich der Blick der Erwachsenen auf ihn verändert, seine Aufführungen genießen deutlich weniger Wohlwollen. Er hat sich lächerlich und einsam gefühlt. Er kann kein aufrichtiges Interesse mehr bei ihnen erkennen, weiß nicht, woran er das festmachen soll. Er bräuchte jemanden zum Reden – jemanden, der ernst bleibt und keine Fragen stellt wie das Fantasiepublikum seiner Sendung, doch nicht einmal daran glaubt er noch. Doch wenn er jetzt mit einem Mädchen wie der dreizehnjährigen Teresa in Berührung käme, stieße er auf denselben verständnisvollen Blick, mit dem sie Jahre später den armen Außenseiter Zannoni und sein Gemüsepanino bedenken wird, auf die mütterliche Bereitschaft zuzuhören und auf die schwesterliche Gabe, einen zum Weinen zu bringen, ohne dass man sich dafür schämen müsste. Doch erst dank dem, was er heute weiß, könnte Nino ihr eine winzige, unverzichtbare Wahrheit mitteilen – nämlich dass Theaterspielen, öffentlich Auftreten auch nur eine von vielen Möglichkeiten ist, um Liebe zu bitten. Der Dreizehnjährige könnte die Dreizehnjährige höchstens um eine feste und keusche, um eine wahrhaftige Umarmung bitten, die Bände spricht – und zwar stumm, von einer Stille zur anderen wie ein Gebet.

Deshalb lässt sich schwer sagen, wie alt Nino und Teresa heute Abend wirklich sind – jetzt, wo bereits Montag ist, und sie sich in dem Wissen voneinander verabschieden, dass sie sich schon in wenigen Stunden wiedersehen werden. Aus Gründen, die sich erst langsam herauskristallisieren, empfinden sie das als tröstlich. Vieles ist ihnen noch nicht über die Lippen gekommen, das Streitgespräch hat sie elektrisiert, erschöpft, die Atmosphäre hat sich nach und nach aufgeladen wie die draußen im Freien, die sich gerade in einem Gewitter entlädt. Der Regen ist stärker geworden, Blitze erhellen eine dunkle Ecke der Via Fratelli Bonnet. Als Teresa sagt, „Komm, vertragen wir uns wieder", lächelt sie so offen wie nur irgendwie möglich, und da lächelt auch er – ausnahmsweise einmal ohne jeden Vorbehalt, ohne Ironie, völlig wehrlos und sagt: „Komm, gib mir einen Kuss." Sie steht auf, als wollte sie gehen, greift nach der Handtasche und dem Handy auf dem Tisch und kommt dann auf ihn zu, um sich zu verabschieden. Sie hält ihm die Wange hin, während er gerade noch rechtzeitig denkt, dass er ihr, seit sie sich kennen, noch nie so nahe gewesen ist, in direkter Nähe zu dem Neugeborenen-Überbleibsel, welches das menschliche Ohrläppchen ist. Nino denkt außerdem gerade noch rechtzeitig, dass ihn Gott und solche Themen bisher einen Scheiß interessiert haben, aber heute Abend ist alles anders, alles spricht zu ihm, alles ist in Bewegung, alles dreht sich. Das dürfte auch am Alkohol liegen, an dem Übermut, dem Wagemut, der ihn dazu bringt, seine Lippen den ihren zu nähern. Wenn sie sich wegdreht, ist es nicht schlimm, denkt er, versuchen wir's! Und es ist schön, erstaunlich, wunderbar, dass sie sich *nicht* wegdreht, so unerwartet und doch heiß ersehnt wie jede Geste, in der Liebe mitschwingt. Man kann nicht einmal mehr sagen, dass sich hier, neben dem kleinen Tisch, ein Zwanzigjähriger und eine Dreißigjährige küssen, in der kurzen und zugleich endlosen Zeit, die ein paar Sekunden sein können, wenn es denn solche Sekunden sind. Und das geschieht nicht etwa im Verborgenen, sondern in einem öffentlichen Lokal, an der linken Wand zwischen Toilette und Küche, wo niemand auf die Idee käme, dass ein so kurzer und verschämter Kuss ihr erster ist. Es wäre deutlich wahrscheinlicher, dass er eher formell oder versöhnlich gemeint ist, dass dieses intensive, emotional aufgeladene Gespräch doch der Streit war, nach dem es aussah. Stattdessen ist es ihr erster Kuss, und er lässt beide zitternd, stumm, betäubt und wie benebelt zurück, verwirrt, sodass sie nicht mehr wissen, wem welche Lippen, Körper, Jahre gehören. Denn in so einer verregneten, elektrisch aufgeladenen Februarnacht des Jahres 2013 kann so ein Kuss bewirken, dass sich die zwei, die ihn austauschen, auch rückwirkend geküsst fühlen: in der dunklen, unwissenden Zeit, in der man unmöglich ahnen konnte, dass der andere auf einem gar nicht mal so weit entfernten Breitengrad existiert und auf einen wartet, ohne es zu wissen.

Am Morgen danach war alles anders und gleichzeitig unverändert, einschließlich des Regens. Nino verließ zeitig das Haus und frühstückte außerhalb – angespannt, nervös, in der festen Überzeugung, er hätte sich nur am Kiosk eine x-beliebige Zeitung kaufen müssen, um die Riesenschlagzeile zu lesen: SIE HABEN SICH GEKÜSST.

Es gab keine wichtigere Nachricht als diese: die geheimnisvolle und unvorhergesehene Art, wie in Raum und Zeit Platz für ein Ereignis geschaffen wird, mit dem bisher niemand gerechnet hat. Wenn du dir Kopfhörer aufsetzt, dringt dir jeder Song ans Ohr, als wäre er gerade erst geschrieben worden, als wüsste er, dass es dich, euch, ja eine potenzielle Zukunft für euch gibt. Nino hatte nicht den Mut, ihr eine SMS zu schicken: Er beschloss zu warten, bis er sie vor dem Theater wiedersehen würde. *Ich denke ständig an dich* – das hätte er eigentlich schreiben sollen. Stunde um Stunde hatte er diesen Satz im Kopf, begleitet von Zweifeln, sie könnte es sich anders ... Andererseits verließ man sich in solchen Fällen besser auf sich selbst, auf das, was man fühlt. Der Gedanke machte ihm wieder Mut, sodass er bereit war, es mit dem vor ihm liegenden Tag aufzunehmen.

Er ging zu Tommaso und ließ sich lachend aufs Sofa fallen. „Geranienplatz! Geranienplatz!", rief er völlig unmotiviert, als handelte es sich um einen genialen, magischen Satz. „Was gibt es denn da so zu lachen, verdammt noch mal? Du bist ja mit dem Kopf völlig woanders!", sagte Tommaso. – „Stimmt, ich versteh gar nichts mehr." – „Hat das was mit dieser Frau zu tun?" – „Ja, ich hab sie geküsst." – „Ich glaub's nicht." – „Doch, ich schwör's." – „Ich glaub's einfach nicht! Und, wie war's?" – „Kurz." – „Und dann?" – „Nichts dann." – „Wann siehst du sie wieder?" – „Heute Abend." – „Habt ihr euch geschrieben?" – „Nein." – „Hat sie dir keine SMS geschickt?" – „Nein, ich aber auch nicht." – „Ist das nicht ein schlechtes Zeichen?" – „Keine Ahnung. Geranienplatz!", rief er erneut, als wäre er betrunken. – „Du bist ja ganz aus dem Häuschen, du Geranienplatz! Komm, lass uns loslegen." Nino hatte Mühe, sich zu konzentrieren, einen roten Faden für die unzusammenhängenden Videoschnipsel des letzten Drehs zu finden. Ständig musste Tommaso seine Fragen zwei, drei Mal wiederholen: „Was hältst du davon, die Aufnahmen von der Oma, die Pappardelle macht, im Zeitraffer zu zeigen, mit einem Dance-Soundtrack zu unterlegen und dann die langsame Prozession gegenzuschneiden? Nino? Nino? Was hältst du davon?" – „Ich finde das ziemlich bescheuert", erwiderte er. „Na gut", sagte Tommaso, „ich glaube, heute ist einfach nicht dein Tag." – „Nein, heute ist wirklich nicht mein Tag", bestätigte Nino, während der Freund gerade das Fenster seines Schneideprogramms auf dem Computer schloss. „Warte!" – „Worauf soll ich warten?" – „Jetzt konzentrier ich mich." – „Na gut, versuchen wir's noch mal." Als Nino das Standbild, das zeigte, wie er einen alten zahnlosen Mann auf der Piazza bedrängte, zum zweiten Mal sah, brach es förmlich aus ihm hervor: „Was für ein Arschloch. Was für ein Arschloch!", wiederholte er und starrte auf den Mac-Bildschirm wie in einen Zerrspiegel. Bei jedem unverständlichen Satz des Alten aus Casaprota verdrehte er die Augen. – „Wer ist hier ein Arschloch?" – „Ich, ich! Das Arschloch bin ich." – „Würdest du mir bitte erklären, was heute mit dir los ist?", fragte Tommaso inzwischen verärgert. – „Keine Ahnung." Nino fuhr sich über das Gesicht wie ein schlaftrunkenes Kind. Er hätte die plötzlich in ihm aufgestiegene Unzufriedenheit unmöglich in Worte fassen können – die völlige Verwirrung, deren Dreh- und Angelpunkt nach wie vor der Gedanke an sie war. Der Rest wirbelte wie verrückt darum herum.

Fragen über Fragen. Die Gruseligste beschwor sogar wieder die ruhmreichen Zeiten des Teatro dell'Orologio herauf – denn als solche waren sie ihm in Erinnerung geblieben.

Der Text brannte einem förmlich unter den Fingern, die Markierungen auf der Bühne erzählten von Fußstapfen, in die man treten wollte, und der stickig-feuchte Geruch, der Schweiß- und Rauchgestank, bildeten das Mikroklima, das einen erfasste, kaum dass man die Treppe herunterkam. Das Ganze besaß etwas Aufregend-Schmuddeliges: Dieses Theater hatte so gar nichts mit den hohen, vornehmen Sälen zu tun, in denen das x-te Shakespearestück für alte, verschnarchte Damen aufgeführt wurde. Es war Keller und Höhle, ein geheimer, unterirdischer Ort, der abends um neun ehrgeizige Zwanzigjährige sowie ihr Gefolge aus Freunden und Verwandten verschluckte. Junge Frauen, die von langen Aperitif-Verabredungen kamen, schön und sinnlich, bereit, sich auf die Avantgarde einzulassen, genauso ahnungslos wie die Onkel und Tanten der Darsteller. Und genauso geschickt darin wie sie, Verlegenheit und Erstaunen hinter einem Lächeln zu verstecken, wenn jemand fragte: „Und, hat's dir gefallen?" Eine Frage, die alles andere als einfach zu beantworten war, wenn man sie so vor sich hatte: den Schauspieler, der auf der Bühne verstörende, gutturale Laute von sich gegeben, die Schauspielerin, die stöhnend eine Selbstbefriedigung simuliert, den verschwitzten, erschöpften Regisseur, der diese Orgie aus Leibern und Lauten ohne jeden Sinnzusammenhang auf die Bühne gebracht hatte. Es gab Omas, die zwangsverpflichtet worden waren und wieder gingen, ohne auch nur ein einziges Wort verstanden zu haben – zum Glück auch ohne zu erkennen, wer von den Halbnackten im Halbdunkel ihr Enkel gewesen war.

Der Applaus war eine Erlösung, aber unaufrichtig, häufig brandete er genau im falschen Moment auf und unterbrach ein langes, bedeutungsvolles Schweigen. Doch nicht daraus, nicht aus dem Klatschen ergab sich die Befriedigung, sondern aus der stillen Verbundenheit während der Umarmungen in der Garderobe, aus den späten Abendessen, den von Alkohol befeuerten Gesprächen und aus einer Selbstliebe, die nie wieder soviel Nahrung bekommen würde wie jetzt. Die Illusionen blieben unangetastet, wurden nicht mal als solche wahrgenommen: Ein Plakat, von dem einem der eigene Name entgegenprangte, genügte, um alle in Gewissheit zu wiegen.

Die von Nino wird jedoch gerade schwer erschüttert: von dem Gedanken an Teresa als Zuschauerin – nicht nur bei irgendeiner Aufführung, sondern in dieser Lebensphase überhaupt. Es ist ein Film, der rückwärts läuft, die Vergangenheit plötzlich in einem ganz anderen Licht erscheinen lässt, wenn Teresa im Publikum auftaucht, vor dem Theater oder zum Abendessen. Ihre Blicke sorgen dafür, dass er sich verunsichert, angegriffen fühlt: Inzwischen denkt er fast schon verlegen daran zurück, wie er sich von jungen Mädchen trösten ließ, die ihm im Grunde nichts zu sagen hatten – sie spielten mit Brot, mit Papierservietten und wiederholten ständig: „Was für eine schöne Stimme du hast!" Er ließ sie lächelnd gewähren. Der Abend endete im Auto, er ließ sich von ihnen einen blasen und fuhr sie anschließend nach Hause.

Er hatte schon viele Schauspielerinnen kennengelernt und sich in keine davon verliebt. Sie waren seltsam, mager und nervös. Auf der Bühne machte ihr Gesicht unglaubliche Verwandlungen durch. Doch ein dermaßen ausgestellter, verlassener, sich selbst aufgebender Körper verlor an Sinnlichkeit, die er außerhalb der Bühne nur schwer zurückgewinnen konnte. Es war durchaus vorgekommen, dass er sich von ihnen hatte mitziehen lassen, um in ihren Zimmern zu landen und ihnen beim Weinen nach dem Sex zuzuschauen: Nach wie vor nackt, drehten sie sich wie aus dem Nichts auf die Seite und weinten. „Was hast du denn?“ – „Nichts, gar nichts.“ – „Aber du weinst doch.“ – „Nein, es ist nichts.“ Sie erwarteten, von hinten umarmt zu werden, erwarteten, dass man ihnen Geborgenheit und Wärme schenkte. Doch dazu hatte er keine Lust. Er starrte eine Weile an die Decke des dunklen Zimmers – die Stühle von Kleiderhaufen bedeckt, überall herumliegende Bücher und DVDs – und zog sich dann wieder an. Von einer hatte er sich glatt überzeugen lassen, an einem Stück namens *Coño*, spanisch für „Möse“, mitzuwirken: Ohne einen einzigen Satz zu sagen, lief er die ganze Zeit als Transvestit verkleidet vor der Bühnenwand hin und her. Noch schlimmer wurde es, wenn seine Gedanken zu Texten zurückeilten, die einfach nur doof waren, das Publikum zu einem angestrengten, leicht hysterischen Lachen zwangen: eine Komik, die laut den Dramaturgen als Gegenentwurf zum plumpen Witz des kommerziellen Kinos gedacht war, es aber sogar schaffte, noch idiotischer zu sein. Nino betrachtete das alles mit einem neuen, fremden Blick, so streng wie der Gottes, wie der eines neugeborenen Gottes – übermächtig, gnadenlos –, dessen Kult er sich weder entziehen konnte noch wollte.

Die Proben liefen alles andere als gut. Die fünfte Szene – ganze fünf Auftritte – machte noch große Probleme. „Luciana, ich fände es besser, wenn du improvisierst und den Text ein wenig abänderst, aber bitte nicht ins Stocken geraten! Wenn du sagst, *Doch ich höre Madame kommen,* dann werd bitte leiser, fast so, als würdest du flüstern. Es muss eine Art Vertraulichkeit zwischen Dorante und dir herrschen." Dorante alias Giancarlo musste sofort seinen Senf dazugeben, der da lautete, dass Marton alias Luciana ihn regelrecht von der Bühne schubsen müsse, wenn sie sagt: *Bitte gehen Sie einen Augenblick auf die Terrasse.* Nino ließ ihn gewähren und erinnerte ihn erst bei der zweiten ungerechtfertigten Einmischung daran, dass er keinen Regieassistenten brauche. „Hör zu, Luciana, du hast in dieser kurzen Szene zwei sehr wichtige Auftritte. Du musst der Frage, die du Dorante stellst, mehr Nachdruck verleihen: *Ihre Liebe erscheint mir sehr plötzlich, wird sie auch dauerhaft sein?* Und dein anderer Text muss schärfer rüberkommen, fast ein wenig boshaft: *Mich verwundert diese Zuneigung, die uns beide so plötzlich erfasst.*"

Am allerbesten schlug sich Dubois. Nino hatte Mario Menna bisher keine große Beachtung geschenkt, doch der schüchterne, stille Mann entpuppte sich als Idealbesetzung für den drückebergerischen Diener. Er sprach mit Falsettstimme, aber genau richtig, ohne dass es übertrieben gewirkt hätte, und unterstrich die wichtigsten Sätze mit Gesten. Als er Araminte erklären musste, was Dorante für sie empfindet, war er einfach grandios: *„Er betet Sie an; seit einem halben Jahr siecht er nur noch dahin, er würde sein Leben opfern für das Glück, Sie einen Augenblick betrachten zu dürfen. Sicher haben Sie bemerkt, dass er ganz verzückt ist, wenn er mit Ihnen spricht."* – „Perfekt, Mario, perfekt!" Und während Mario Menna gestikulierte, und Nino ihn dabei beobachtete, dachte er, dass sie tatsächlich seit einem halben Jahr in seinem Leben war, und dass es *Ach, Madame, an einem Abend, als Sie aus der Oper kamen* geschehen war: *Da hat er den Verstand verloren ... und folgte Ihnen bis zu Ihrer Kutsche; er hatte sich* *nach Ihrem Namen erkundigt, und ich fand ihn dort völlig verzückt, er rührte sich nicht mehr.*

Auch Harlekin gab sein Bestes: Da Renzo den Vorteil hatte, auf dem rechten Ohr schwerhörig zu sein, schien er manchmal wirklich nicht zu verstehen, was Madame Marton ihm auftrug. Dann wiederholte Luciana ihren Text: *„Du bist ein dummer Kerl. Wenn ich dich irgendwo hinschicke, oder dir sage: Mach das und das, gehorchst du dann nicht?" – „Immer"*, erwiderte endlich Harlekin, und dieses kurze Zögern wirkte wie einstudiert, gab die Figur so wieder, wie sie gemeint war, nämlich schwachsinnig. „Gut, das genügt für heute", sagte Nino und klatschte in die Hände. Besonders zufrieden war er nicht, was man ihm durchaus anmerkte. Araminte alias Laura Perrotta entging das nicht. Sie kam zu ihm und sagte: „Du wirst sehen, am Ende wird alles gut." Er lächelte, wollte Trost wie Dorante von Dubois, wenn er jeden Mut verliert: *Und du glaubst, sie würde mich heiraten, wo ich nichts bin und kein Vermögen habe!*

DUBOIS: Kein Vermögen? Ihr gutes Aussehen ist eine Goldmine wert. Drehen Sie sich ein wenig, damit ich Sie noch einmal richtig ansehe; ach, Monsieur, Sie machen Witze, es gibt keinen vornehmeren Herrn als Sie in Paris: eine Figur, die alle Ämter und Würden ersetzt; unsere Sache ist sicher, absolut sicher; ich sehe Sie schon im Hausrock in Madames Zimmer. DORANTE: Ein Hirngespinst! DUBOIS: Ich bleibe dabei. Sie sind hier bereits in Ihrem Haus, und in der Remise stehen Ihre Kutschen ... Sie haben sie gesehen und lieben sie? DORANTE: Ich liebe sie leidenschaftlich, und deshalb zittere ich. DUBOIS: Gleich verliere ich die Geduld mit Ihrer Angst! Ein bisschen Selbstvertrauen, zum Teufel; Sie schaffen es, sage ich Ihnen ... Wenn die Liebe spricht, ist sie die Herrin, und sie wird sprechen. Adieu, ich gehe. Ich höre jemanden kommen ...

Genau das könnte er jetzt auch gebrauchen, ein bisschen Selbstvertrauen. In jeder Hinsicht. Doch nichts zu machen: Kaum war er aus der Rolle des Dorante geschlüpft und wieder Giancarlo Righi, kam dieser schwierige Schüler mit der x-ten Beschwerde zu Nino. „Wenn du etwas zu den Proben zu sagen hast", brach es aus ihm heraus, „dann sag es allen, anstatt es nur Laura ins Ohr zu flüstern.“ – „Ich habe nichts zu sagen.“ – „Ich sehe doch, dass du mit unserer Spielweise nicht zufrieden bist.“ – „Das habe ich nie gesagt.“ Laura schwieg zerknirscht. Luciana sagte: „Ich will hier für niemanden Partei ergreifen, aber wenn dir nicht gefällt, wie wir es machen, solltest du es uns auch sagen. Dann *musst* du es uns sagen“, verbesserte sie sich.

Nino fühlte sich in die Enge getrieben, er hielt den Blick gesenkt, schluckte, und wollte gerade etwas erwidern, als Giancarlo erneut loslegte: „Vergiss nicht, dass wir für diesen Kurs zahlen!“ Da zählte Nino nicht mehr bis zehn, ja nicht einmal mehr bis drei. „Du kannst mich mal am Arsch lecken!“ Er drehte sich auf dem Absatz um und ging, ohne sich zu verabschieden. Draußen auf dem Bürgersteig konnte er keine Teresa entdecken, er schaute suchend nach rechts und nach links – nichts. Manche Tage sind einfach wie verhext!, dachte er. Die sind von vorn bis hinten Scheiße. Er eilte im Laufschritt davon.

Bevor er sich genauere Gedanken über Teresas Abwesenheit machte und sich fragte, ob sie sich schämte, ob sie es sich anders überlegt hatte oder ob ihr irgendwas dazwischengekommen war, ja bevor er sich überlegte, wie er damit umgehen sollte, ging seine ganze Energie dafür drauf, Giancarlo Righi und Nervensägen wie ihn, ja alte Leute generell, aufs Heftigste zu verwünschen.

Keine Sekunde lang kam er auf die Idee, sein unpassender Abgang könnte Konsequenzen haben. Er sprang unter die Dusche und ließ mit dem Wasser seinen schlimmsten Fantasien freien Lauf: Ich werde eines Tages auf deiner Beerdigung tanzen! Innerhalb einer Minute schaffte er es nicht nur zu bereuen, dass er überhaupt in diesen Kurs eingewilligt hatte, sondern auch, dass er aus London zurückgekehrt war – einfach alles. Und Teresa? Nein, in diesem Moment dachte er nicht an sie. Die Wut vernebelte ihm dermaßen das Hirn, dass er am liebsten auf die Wand eingehämmert hätte. Wie war er bloß auf die Idee gekommen, sich eines Haufens Siebzigjähriger anzunehmen, die mit Hilfe des Theaters ihre Depressionen vergessen wollten? Es war und blieb einfach scheiße, sie reden zu hören wie Leute aus einer ganz anderen Zeit. Sie schauten drein, als wären sie von einer außerirdischen Macht geschickt worden, um die Unterschiede zwischen Damals und Heute festzustellen und diese dann anzuprangern, halb drohend, halb jammernd. Was wollt ihr überhaupt, verdammt?, dachte er. Was stört euch genau? Dass ihr sterben müsst? Findet euch damit ab! Nur eine Art Neid, da war sich Nino sicher, konnte ihr ständiges Gemecker erklären, dieses Röcheln und Schnaufen, das ihre gesamte Umgebung sowie seine Begeisterung lähmte, als wären sie Boten einer unmittelbar bevorstehenden Apokalypse. Ja, genau das war es: der Neid auf die Zeit, die andere noch vor sich hatten.

Sein Smartphone zeigte keinerlei Nachrichten von Teresa an, dafür vier unbeantwortete Anrufe – von mir. Ich sagte ihm, ich sei auf dem Laufenden, habe gehört, wie er sich gegen Ende der Stunde benommen habe. Und dass es absurd sei – surreal, wie ich mich ausdrückte –, ihn wie einen Zwölfjährigen daran erinnern zu müssen, dass man einen älteren Herrn nicht so respektlos behandeln kann: „Und zwar nicht nur, weil er ein gewisses Alter erreicht hat, sondern weil er an einem Kurs teilnimmt, für den du verantwortlich bist, ein Kurs, für den du noch dazu bezahlt wirst. Ich bin schwer enttäuscht", fügte ich noch hinzu, „ja, bereue es fast, ihn dir anvertraut zu haben. – „Das brauchst du nicht", knurrte er. „Für mich ist die Sache hiermit gelaufen." – „Na ganz toll, Nino!", erwiderte ich, „ich gratuliere zu deiner geistigen Reife, die du hier mal wieder eindrucksvoll unter Beweis stellst. Das Mindeste, was ich von dir erwarte, ist, dass du am nächsten Montag auftauchst, um dich zu entschuldigen – und zwar ganz unabhängig davon, wie du dich entscheidest. Und noch etwas: Ich habe heute wirklich mit allem gerechnet – aber nicht damit, dass ich mich auch noch um so was kümmern muss. Ich habe einen ziemlich heftigen Tag hinter mir." – „Ich auch", gab er zurück. – „Nun, das kann schon sein, aber er war bestimmt nicht ansatzweise so heftig wie meiner." – „Wo hast du denn gesteckt?", fragte er. „Wir waren zu Kontrolluntersuchungen beim Arzt", erwiderte ich. „Wer war beim Arzt?", hakte er sofort besorgt nach.– „Ich, keine Sorge, bloß ich."

In einer einzigen Woche!, dachte Teresa, in ein und derselben bescheuerten Woche voller belastender, weit entfernt stattfindender und daher von ihrem Platz auf diesem Planeten kaum wahrnehmbarer Ereignisse – ein Erdbeben der Stärke 5,5 auf der Richterskala irgendwo auf dem Land in der Provinz Yunnan im Südosten Chinas; Schneestürme im Norden der Vereinigten Staaten; eine Lawine im sibirischen Tuwa, die fünf Kinder mitgerissen und unter sich begraben hatte; das Treffen von Millionen von Pilgern anlässlich des spirituellen Reinigungsrituals im Ganges in Allahabad, Indien – kam zu allem Überfluss auch noch Ninos Wutausbruch hinzu, die Ergebnisse der ärztlichen Kontrolluntersuchungen, die eine dringende Bestrahlung *meines* rechten Beines erforderten, und die Wahl eines neuen Papstes. Nur Letzteres wurde durch Glockengeläut angekündigt, das bis zum Viale Giulio Cesare deutlich zu hören war. Nachdem sie das Reisebüro abgeschlossen hatte, eilte Teresa in freudiger Erregung zum Petersplatz. Für sie war es das erste Mal. Und vielleicht zum ersten Mal fühlte sie sich dieser Stadt zugehörig, der Menge, die buchstäblich zu den Kolonnaden strömte, obwohl der Platz bereits übervoll mit Menschen war. Das dritte Rauchsignal war das richtige, es war weiß, aber nicht gleich, zunächst wirkte es schwarz, dabei war es weiß, hellweiß und diffus, eine Wolke, die aus dem Schornstein quoll. Die Leute begannen zu schreien, zu klatschen, Fotos zu machen, mit Schirmen zu fuchteln, diese zu schließen, auf und ab zu hüpfen, zu lachen, zu weinen, zu gestikulieren und Fahnen zu schwenken – um sieben Uhr abends an einem Mittwoch Mitte März, an dem es gleichzeitig zwei Päpste gab.

Teresa gelang es, sich in einem Seitengang einen Weg durch die Menge zu bahnen, rechts, mit Blick auf die gleißende Fassade der Basilika. Sie traf gerade noch rechtzeitig ein, bevor ein magerer, kränklicher Kardinal verkündete: „Habemus papam." Man verstand den Namen nicht richtig, verstand aber, dass er sich als Papst Franziskus nennen wollte. Auf der Loggia entrollten sechs Männer in Anzug und Krawatte ein Tuch, so groß wie ein Teppich, und endlich kam hinter dem roten Vorhang, hinter einem Kreuz, der weiß gekleidete Mann hervor. Musik von einer Kapelle wurde laut, es war die italienische Nationalhymne, und über die Schreie und den Applaus hinweg hörte man das erste Wort, welches lautete: „Brüder". Ein so einfaches, persönliches Wort. „Brüder und Schwestern! Guten Abend!", hallte es über die Köpfe aller hinweg und sorgte für solches Staunen, als sei es soeben erst geprägt worden. In einem fröhlichen, südamerikanischen Singsang sagte er das *Vater Unser* auf und stolperte auf Italienisch über die ein oder andere Zeile. Er widmete es dem vorherigen Papst und sagte dann das *Ave Maria*, wobei er erneut stolperte – *„Il Signore è conti"* anstatt *„Il Signore è con te"* –, „Beten wir immer füreinander. Beten wir für die ganze Welt, damit ein großes Miteinander herrsche", sagte er leise.

Und in die unglaubliche, majestätische Stille hinein, die auf seine anrührende und gleichzeitig entschiedene Bitte – „Betet für mich!" – folgte, spürte Teresa, dass das möglich war: dass einer für den anderen betete, selbst für Wildfremde, für die ganze Welt, diese in sich aufnahm, sie so umarmte wie die Bernini-Kolonnaden die Menge und sie, Teresa, als Teil eines viel größeren Körpers, sodass sie in den Tausenden Leibern um sie herum aufging, die sich erneut benahmen wie Fußballfans im Stadion. „Fran-ce-sco, Fran-ce-sco", skandierte die Menge auf Italienisch. Teresa faltete die Hände, brachte die Nase zu den Zeigefingern und war ganz gerührt, als sie spürte, wie sich ihr Selbst, wenn man es denn so nennen kann, auflöste, allerdings nicht ganz, um in einem großen Ganzen aufzugehen. Und all das war wahr; alles, was sie empfand, war wahr; das war keine Illusion, das war gar nicht anders möglich: dieser Elan, dieses namenlose Gefühl, diese sich überschlagenden Gedanken: Sie fragte sich, was wohl der Weißgekleidete empfand, jetzt, in diesem Moment, konnte es sich aber nicht vorstellen. Sie spürte nur, wie sich ihr der Magen zusammenzog, und dachte an die vorherige Papstwahl zurück: Es war April und hatte gerade erst aufgehört zu regnen, ein Lichtstreifen über der Kuppel erfüllte den Schirm des kleinen Fernsehers ihrer Oma sowie das Wohnzimmer. Sie musste wieder daran denken, dass sie viele Einstellungen des deutschen Kardinals, der gerade zum Papst gewählt worden war, als ziemlich veraltet empfunden hatte, aber seine Rede auf der Beerdigung des Vorgängers war wunderbar gewesen. Der Wind hatte alles davonfliegen lassen, sogar die Kopfbedeckungen der Bischöfe und Kardinäle. Mit sanfter Wut brachte er die Blätter der auf dem hölzernen Sarg liegenden Bibel zum Flattern, während der alte Kardinal vom jungen Studenten Karol erzählte, der die Dichtung, die Literatur und vor allem das Theater geliebt hatte. Er war in einer Chemiefabrik tätig gewesen, und dort hatte er auch die Stimme des Herrn vernommen: *„Folge mir nach!, sagt der auferstandene Herr als letztes Wort zu Petrus. (...) Folge mir nach!“* Der alte Kardinal wiederholte das fast in jedem Satz, drei, vier, fünf, sechs, sieben Mal: „Folge mir nach!“

Am nächsten Morgen organisierte Teresa eine Namibia-Reise für eine Gruppe von Sechzigjährigen, dreizehn Tage einschließlich einer Fahrt durch die Dünen des Sossusvlei, die mit als die höchsten der Welt gelten. In Gedanken fügte sie Namibia ihrer Liste mit Orten hinzu, die sie vermutlich nie sehen würde. Hier die letzten, stets von den Reisen anderer inspirierten Einträge in chronologischer Reihenfolge: der beeindruckendste Wasserfall von ganz Europa in Dettifoss, Island; eine weitere Wüste, und zwar die Wüste Gobi, bewohnt von wilden Kamelen, sowie die Chinesische Mauer – sie war ganz verzaubert von Seite 18 eines Katalogs zu Peking und Shanghai: eine Reise mit Vollpension, Übernachtung im Hotel Grand Mercure Beijing Central – vier Sterne mit Sport- und Wellnessbereich – sowie im Central Hotel – vier Sterne mit Beauty Salon –, am vierten Tag dann ein Ausflug in die Umgebung von Peking mitsamt einer Besichtigung der Chinesischen Mauer, und abends geht es zum Essen ins berühmte Restaurant Quanjude: Zu den zahlreichen servierten Speisen wird auch die berühmte Pekingente gehören.

In der Mittagspause überlegte sie, Nino anzurufen – noch unschlüssig, ob sie ihm Vorwürfe wegen der Sache mit dem Theaterkurs machen, ihm von den Kontrolluntersuchungen, die ihre Abwesenheit am Montag erklärten, oder aber von ihren Gefühlen auf dem Petersplatz erzählen sollte. Doch ob er das verstehen würde? Das Telefon läutete durch. Er meldete sich Stunden später mit einer SMS: *Entschuldige bitte, ich bin ein bisschen im Stress, ich ruf zurück.* Er rief nicht zurück. Sie dagegen traute sich, was sie allerdings gleich darauf wieder bereute: „Treffen wir uns doch, wenn du willst, dann können wir reden."

Und so geschah es, noch am selben Abend, mit einer Nervosität, die sich bei euch beiden Stunde um Stunde steigerte – fast so, als hätte dieses spontane, zufällig vereinbarte Rendezvous in eurer Fantasie etwas alles Entscheidendes, Fatales bekommen. Ninos extrem schlechte Laune war Panikattacken wie denen vor einer Prüfung gewichen: einer Mischung aus Unsicherheit und Aufregung. Es schmeichelte ihm, dass der Vorschlag von ihr gekommen war, damit hätte er nie gerechnet. Teresa hingegen stand mehrmals davor, einen Rückzieher zu machen, ihm zu schreiben, dass ihr etwas dazwischengekommen sei, doch stattdessen zog sie sich rasch um, da er sie mit seinem berüchtigten Panda abholen würde. Viel zu früh stand sie vor ihrem Haus, und während sie auf ihn wartete, kamen ihr erneut Zweifel. „Es gibt da einen Laden im Pigneto, der tolle Panini macht, und einen, wo man herzhafte Muffins bekommt, der hat erst seit Kurzem in der Via Ostiense aufgemacht – meine Lieblingssorte ist die mit Speck und Zucchini." Ihr täuschtet eine Unbefangenheit vor, die sich nach zehn Minuten tatsächlich einstellte … und nach weiteren zehn Minuten verpuffte. Nämlich als Teresa die Sache mit dem Theaterkurs ansprach. „Ich hoffe, das war nur ein Scherz, als du meiner Tante gesagt hast, dass du damit aufhören willst", sagte sie ebenso kühl wie vorwurfsvoll. – „Ich habe schließlich keinen Vertrag auf Lebenszeit unterschrieben!", erwiderte er barsch. – „Du hast schlichtweg ein Versprechen gegeben, eine Aufgabe übernommen, vielleicht solltest du sie dann auch zu Ende bringen." – „Was geht dich das eigentlich an?" – „Ich sag einfach nur, was ich denke." Ihr warft euch böse, genervte Blicke zu, doch die Stille währte nur kurz, denn dann sagte Teresa: „Das wäre sehr enttäuschend." – „Was?" – „Na, alles." – „Ich denke darüber nach", brummelte Nino und starrte mit gesenktem Blick auf den halben Muffin, auf den er inzwischen keinen Appetit mehr hatte. – „Was gibt es da groß nachzudenken? In nur wenigen Monaten ist der Kurs zu Ende, ist das denn zuviel verlangt?" – „Ich hab einfach keine Lust mehr." – „Das ist eine sehr kindische Reaktion." –

„Darf ich vielleicht auch mal kindisch sein?" – „Ganz wie du meinst." – „Ich kann schließlich nichts dafür, dass ich jünger bin als du." Teresa sagte nichts darauf, sondern schaute ihn nur an. Da sagte er: „Na gut, entschuldige, ich bin nur etwas gereizt." – „Ich auch, aber ich habe keine Lust auf Diskussionen. Ich wollte dir nur sagen, dass du einen Fehler machst." – „Machst du denn nie Fehler?" – „Doch, ich habe schon viele Fehler gemacht, aber ..." – „Verstehe." – „Nein, du hast gar nichts verstanden, ich möchte dir bloß einen Rat geben, mehr nicht. Ich finde, das wäre einfach dumm." – „Gut möglich, dass es dumm ist, aber was soll das schon groß bringen?" – „Oh nichts, für deine Karriere gar nichts, für sie sind diese alten Leute irrelevant." – „Ich habe nicht von meiner Karriere geredet, ich habe das eher allgemein gemeint." – „Nun, im Allgemeinen kannst du ein ziemliches Arschloch sein, Nino, genügt dir das?" – „Da bin ich nicht der Einzige." – „Was soll das werden, ein Machtkampf? Ein Machtkampf mit Leuten, die dreimal so alt sind wie du?" – „Nein, darum geht es nicht, ich mag bloß nicht mehr." – „*Ich mag nicht mehr* ist auch so ein kindischer Satz. *Ich mag nicht mehr* – das sagt man, wenn man seine Hausaufgaben nicht fertigmachen oder sein Gemüse nicht aufessen will – allerdings mit zehn!" Nino schwieg, schaute auf die Uhr und sagte, „Lass uns gehen." – „Wohin?" – „Keine Ahnung, drehen wir eine Runde mit dem Auto und reden dort weiter." – „Aber mehr habe ich nicht zu sagen, Nino. Alles, was ich dir mitteilen wollte, habe ich dir mitgeteilt." – „Na gut, aber lass uns trotzdem gehen." – „Jetzt spiel nicht den Beleidigten." Er drehte den Zündschlüssel im Schloss, und das Radio ging an, es lief ein Lied mit dem Text *I don't know where I belong*, vielleicht genau der richtige Satz in diesem Moment, vielleicht sogar für alle beide. Es war ein Liebeslied wie fast alle Lieder. Nino achtete zunächst nicht darauf, es war rhythmisch-beschwingt, und er stellte es leiser, als der Sänger gerade *I don't know, where I went wrong* von sich gab, der Rest blieb Hintergrundmusik, und keiner von beiden hörte den ebenso kitschigen wie orakelhaften

Refrain *Love we need it now.* Teresa ergriff wieder das Wort – nicht zuletzt, um die Verlegenheit wegen der körperlichen Nähe zu überspielen. „So gefällst du mir gar nicht." Daraufhin drehte sich Nino zu ihr um, musterte sie in ihrem Minirock, dem dünnen roten Wollpulli und der gerade abgenommenen Baskenmütze, und begehrte sie. „Wie?", fragte er. – „Du bist so anders, als du sein könntest, als du bereits *gewesen bist.*" – „Ich hab mich nicht verändert." – „Du warst sorglos, heiter, und das bist du jetzt nicht mehr, was ich echt schade finde." Sie lächelte ihn an, das sah er aus den Augenwinkeln. „Und wohin fahren wir jetzt?" – „Keine Ahnung." – „Was ist das für ein Viertel?" – „Das Uni-Viertel, hier liegt auch die Fakultät, auf die ich gegangen wäre, wenn ich mich für ein Studium entschieden hätte." – „Aber du bist nicht an die Uni gegangen. Bereust du es?" – „Noch nicht." – „Hättest du dann Literaturwissenschaften studiert?" Ihr machtet Konversation, ohne etwas von Bedeutung zu sagen, nichts Konkretes. Teresa erzählte von ihren BWL-Prüfungen in Latina, davon, wie wenig sie sich für das Fach begeistert hatte. Trotzdem sehne sie sich nach dieser Zeit zurück, einfach nach allem – sogar nach den Samstagvormittagen, den Finanzanalyse-Vorlesungen bis abends um sieben – ausgerechnet zu einer Jahreszeit, wenn die Sonnenuntergänge über dem Meer schon einen Vorgeschmack auf den Sommer geben: „Das hättest du mal sehen sollen!" Nino unterbrach sie: „Und dann bist du nach Rom gekommen" – was keine Frage war, sondern eine Feststellung, die ihre Schilderungen einfach nur fortsetzte. Sie hielt inne, und er sagte: „Ich habe dich nichts gefragt." Sie lächelte, freundlich, gefasst, traurig und erklärte dann: „Es hat was mit einer gescheiterten Beziehung zu tun." – „Das ist doch nicht so schlimm", sagte er, und darauf sie: „Manchmal eben doch." Und als er damit fortfuhr, die Sache herunterzuspielen, ihr zu erklären, dass so viele Beziehungen scheitern, die allermeisten vermutlich, und dass er keine unguten Erinnerungen wachrufen wolle – „Komm, es reicht, lass uns von etwas anderem reden!" –, sagte sie: „Wir wollten heiraten."

Zunächst erstarrte Nino. Dann liebkoste er wie selbstverständlich ihren Nacken, als wollte er sie aufmuntern. Er öffnete das Handschuhfach, wobei er ihre Beine streifte. „Ich hab Bonbons dabei“ sagte er, doch sie schüttelte den Kopf. Er schloss das Handschuhfach und legte die Hand wieder dorthin, wo sie gewesen war, strich ihr übers Haar. Er! Strich ihr! Übers Haar! „So gefällst du mir gar nicht“, sagte er neckend, um ihren Satz von vorhin wieder aufzunehmen, und da sie stumm blieb, drehte er die Musik auf. Es kam ein altes Lied, erneut ein Liebeslied, das er nicht rechtzeitig erriet, weil sie ihn ablenkte, indem sie ihre Hand auf seine legte, die noch mit dem Lautstärkeregler beschäftigt war. Teresa setzte das Gespräch an der Stelle fort, an der sie unterbrochen worden war, erklärte ihm, dass es ihre wichtigste, ihre erste richtige Beziehung gewesen war. Dass sie Pläne gehabt, bereits Eheunterricht in ihrer Pfarrei genommen und, was das Wichtigste war, einander bereits ein Versprechen gegeben hatten. Vor ihren jeweiligen Familien, vor der Welt, vor Gott. Nino gingen tausend Fragen durch den Kopf. Die erste und letzte lautete, ob sie ... Aber nein, das war nichts als dumme, krankhafte Neugier, die sie vielleicht intuitiv spürte, denn sie sagte „Nein“, und dass sie „damit“ nicht gewartet hätten. Aber das sei nicht der Grund gewesen, sondern ihre Zweifel, die immer stärker geworden seien, wie stete Tropfen aus einem lecken Wasserhahn. Sie hätte sie auch verdrängen können, doch das tat sie nicht, bis sie es ihm schließlich sagte, eines Abends beim Essen. „Andrea, ich habe Zweifel, und ich weiß nicht einmal warum“, sagte sie, nur das, und er blieb ruhig. Erstaunlich, ja fast schon unheimlich ruhig, verlangte die Rechnung, brachte sie nach Hause und meldete sich anschließend nicht mehr. Nach dreitätigem Schweigen und SMS, auf die er nicht reagierte, reiste sie ihm nach Brüssel hinterher, wo er gerade beruflich war, sie nahm einen Flug, auf dem ihr ganz schlecht wurde, einen echten Scheißflug, und nicht einmal dort ließ er von sich hören. Da kehrte sie nach Terracina zurück, ohne zu wissen, was sie sagen sollte, fuhr noch eine Weile mit den quälenden Hochzeitsvorbereitungen fort. Das Kleid war bereits ausgesucht, die Restaurants und Tische ... In diesem Moment begann sie zu weinen, so wie sie vor ihrer Mutter geweint hatte, an einem Spätnachmittag, völlig erschöpft. Als sie ihr unter lautem Schluchzen erzählt hatte, dass Andrea sich schon seit zwanzig Tagen nicht mehr melde, schon seit fast einem Monat nicht mehr. Es stimme einfach nicht, dass sich die Sache schon wieder einrenken werde, dass sie einfach nur Zeit bräuchten, miteinander reden müssten, das sei ihr auf Anhieb klar gewesen, und sie habe keine Kraft, vielleicht auch keine Lust mehr, darauf zu drängen. „Kannst du dir vorstellen, wie man sich da fühlt?“, fragte sie Nino und sah ihm in die Augen, während sie den Blick vorher ins Leere gerichtet hatte, in die Dunkelheit der Via Valco di San Paolo, in der er gehalten hatte, als sie angefangen hatte zu weinen. „Nein, ich weiß nicht, ob ich das nachvollziehen kann, aber ich versuche, es mir vorzustellen.“ – „Na ja, man fühlt sich schrecklich, einfach nur schrecklich. Auch weil die anderen dafür sorgen, dass man sich so fühlt. Verlogen, treulos, einsam. Weißt du, wie man sich da vorkommt? Seltsam.“ – „Hör auf damit“, sagte Nino, „es reicht. Es reicht, Teresa.“ Er näherte sein Gesicht dem ihren, berührte ihre Nase mit seiner, spürte erneut ihren leicht säuerlichen, warmen Atem und brachte die Hand zu ihrem Ohr, ließ sie solange dort, bis er sich dazu durchringen konnte, sie zu küssen – in der festen oder relativ festen Überzeugung, dass sie sich ihm nicht entziehen würde. Nicht diesmal, nicht heute Abend. Nino presste die Lippen auf ihre, spürte, wie diese sich öffneten, und fuhr begierig damit fort, suchte nach ihrer Zunge und zwang sich zu Geduld, verlegte sich auf ihren Hals, küsste den Hauch ihres Parfüms, hörte, wie sie ein kurzes, leises Seufzen ausstieß, und hielt inne, ließ den Kopf an ihrer Schulter ruhen und liebkoste währenddessen ihren Bauch unter dem Pulli – das Radio nur noch ein Rauschen wie von draußen, wie vom Wind, der an diesem Abend endlich einmal keinen Regen brachte, dazwischen das Rascheln ihrer Kleider. Es war sie, die sich rasch den Pulli auszog, und er, der sie stumm dazu aufforderte, auch noch das schwarze Hemdchen auszuziehen, was sie auch tat. Sie trug jetzt nur noch ihren BH, und er sah sie an, bis sie verlegen wurde und ihm den Pulli auszog, sich so weit vorbeugte, dass sie ihn am Bündchen fassen konnte. Nino betrachtete sie erneut, gründlicher, ihre Brüste. O mein Gott!, dachte er bei sich und zitterte fast vor Kälte, besser gesagt vor Verlangen, als sie sein Hemd aufknöpfte und ihn aufs Schlüsselbein küsste. Dann wanderten ihre Lippen ein wenig tiefer und anschließend gleich wieder hinauf zur Mitte seines Oberkörpers. Er wölbte die Hände, umschlang damit vorsichtig ihren Nacken, zerzauste ihr das Haar, drückte ihr den Kopf leicht, aber wirklich nur ganz leicht nach unten, als sie sich abrupt sträubte, energisch, verstört, als sie den Kopf wieder hochnahm, einen Arm auf Ninos Bein legte und ihn im Schritt streichelte, ihn erneut auf den Mund küsste, während er ihren Unterbauch liebkoste. Er wagte sich noch ein Stück weiter vor, tiefer, und sie hinderte ihn nicht daran, hinderte ihn an gar nichts mehr. Alles, was nun kam, lief so, wie es laufen musste, alles lief nur noch darauf hinaus, dass sich zwei wildfremde Körper, diese hochkomplexen Maschinen, finden und sich langsam miteinander vertraut machen, darauf, dass Verlangen und Vertrauen Abwehrmechanismen außer Kraft setzen (wenn auch nicht immer und niemals alle), darauf, dass sich die Welt um euch herum auflöst, Millionen Quadratkilometer Nichts, die Dunkelheit des Ostiense-Viertels, nachts um viertel vor eins, die windgepeitschten Bäume, die von Raureif leicht überzogenen Blätter bei vier Grad über Null, die verlassene, fast schon unheimliche und an eine Gedenkstätte erinnernde Universität, die Stille der umliegenden Häuser, der Schlaf und die Träume Fremder, dazu vielleicht noch ein anderes Auto, zwei, drei Parkplätze weiter, das hüpft wie das eure oder wie ein Herz, in dieser letzten Winterwoche, den Iden des März – auf dieses Wunder im Hier und Jetzt. Die Lieder im Radio verschmolzen zu einem ununterscheidbaren Grundrauschen, das manchmal von Lauten aus euren geöffneten Mündern übertönt wurde, von einem Stöhnen, das stets an Schmerz denken lässt: Lachen kann man nur, wenn man aus dem Takt gerät, das Ganze von außen betrachtet, und jede Geste unnatürlich, unbeholfen wirkt – Teresas Fuß, der sich verfängt, als sie ihn von einem Sitz auf den anderen zieht, Ninos mühsamer Kampf mit seiner Hose und ihre tatkräftige Unterstützung, als sie sieht, dass er unvorstellbarerweise, unrühmlicherweise noch nicht so weit ist, dass er noch nicht steif ist. Sie wollte weder etwas hören noch etwas wissen, sie wusste auch so, woran es lag – an aufrichtigen Gefühlen – und das war ihr nur recht, denn so musste es sein, weshalb ihr euch weiter aufeinander zubewegtet, um euch zu küssen, im selben Moment, endlich, mit identischem Verlangen, hinzu kam dieses ergreifende, noch nie zuvor erlebte Ereignis, nämlich ihre Hand – *Teresas* Hand – auf deinem Geschlecht, dem Geschlecht eines Dreiundzwanzigjährigen: zu dieser späten Stunde, die so neu und überwältigend war wie eine Geburt, in diesen einmaligen, unendlichen Minuten.

Kein äußeres Anzeichen weist auf solche schier unvergesslichen Ereignisse hin: Was es sehr wohl gibt, ist das zerknautschte, anonyme Kondom auf dem Asphalt, das in Haut und Muskeln zurückgebliebene Kribbeln, das noch Stunden anhalten und euch daran hindern wird, rasch einzuschlafen. Teresa warf sich beim Wachliegen vor, dass sie Nino nicht um ein Versprechen gebeten hatte – um das Versprechen, den Kurs zu Ende zu bringen. Außerdem hätte sie ihm erzählen sollen, ja *müssen*, was die ärztlichen Untersuchungen ergeben hatten – meine berühmten Kontrolluntersuchungen –, doch sie hatte keine Lust dazu gehabt: Es war auch so schon schwer genug gewesen, zwei, drei Sätze aneinanderzureihen, um das Schweigen nach dem Wiederanziehen zu überbrücken. Und Nino? Nino warf sich aufs Bett, die Arme im Nacken verschränkt, während jede Faser seines Körpers nach wie vor glühte. Nachdem er lange ins Leere oder aber an die Decke gestarrt hatte, machte er das Licht aus, ohne sich vorher die Zähne zu putzen, in der vergeblichen Hoffnung, die Dunkelheit könnte ihn beruhigen. Schließlich berührte er sich – langsam, ungläubig, in dem Versuch, die Intensität von vorhin wieder heraufzubeschwören, wenn auch ohne jeden Erfolg. Der Vorhang hatte sich geschlossen, es gab keine Zugabe, aber egal. Teresa zog aus dem Stapel Bücher auf ihrem Schreibtisch dasjenige hervor, das Nino ihr geschenkt hatte. Sie schlug es aufs Geratewohl auf, dort, wo Verne schreibt, dass Mr. Fogg keine Reise macht, sondern einen Kreis um den Erdball beschreibt. Sie blätterte weiter bis zu der Seite, die Nino mit einem Eselsohr markiert hatte, und suchte nach dem Grund dafür, ohne ihn zu finden. Sie fragte sich, ob er das Buch überhaupt bis hierhin gelesen hatte, knapp bis zur Hälfte, wo Verne schreibt, dass sich Phileas Fogg *bei diesem Anblick eines wüthenden Meeres mit seiner gewöhnlichen Gemüthsruhe verhält.* Dann kehrte sie zum Anfang des Romans zurück, ins Jahr 1872 ins Haus Nummer 7, Saville-Row, Burlington Gardens, was ihr bekannt vorkam, wie bei Büchern, über die man etwas weiß, ohne sie gelesen zu haben, oder wie bei einem Kinderbuch, das einem vertraut ist, weil man sich darin wiederfindet. Da war London, da waren Fantasiereisen, da war die Welt. Das wertete das Geschenk erst recht auf, und sie freute sich darüber, lächelte bei dem Satz *Es war ein Mann, der überall hin – im Geiste wenigstens, gereist sein musste.* Und lächelte erneut, als sie da weiterlas, wo sie aufgehört hatte, und zwar über den Satz *Zuverlässig jedoch war Phileas Fogg seit vielen Jahren nicht aus London hinaus gekommen. Wer ihn etwas näher zu kennen die Ehre hatte, bezeugte, dass kein Mensch ihn je wo anders gesehen, als auf dem geraden Wege von seinem Hause zum Club, den er tagtäglich machte.* Sie blätterte drei, vier Seiten vor und schloss die Augen bei der Frage *Sie sind Franzose und heißen John?,* öffnete sie wieder und musste sich ein wenig zwingen, weiterzulesen, als Passepartout alle Geschäfte aufzählt, die er schon getrieben hat, *Bänkelsänger, Bereiter in einem Zirkus – wo er voltigierte wie Leotard, und tanzte auf dem Seile gleich Blondin – Lehrer der Gymnastik, Sergeant bei den Pompiers zu Paris – Ich habe merkwürdige Brände auf meiner Liste.* Und an dieser Stelle schlief sie endlich ein, selig wie ein kleines Mädchen nach einem Märchen, entspannt und gelöst wie eine erwachsene Frau nach der Liebe.

Zu mir sagte er: „Du hast es geschafft, mich bloßzustellen." Er war zu spät gekommen: Ich wusste nicht, dass er noch auftauchen würde – ich hatte nicht mehr nachgehakt, und er hatte nichts mehr von sich hören lassen. In der Zwischenzeit hatte ich mit dem Unterricht begonnen, als wenn nichts wäre. Keiner fragte nach ihm, höchstens mit Blicken. Als er kam, begnügte ich mich mit einem Nicken und ließ ihn in der unangenehmen Situation, nicht zu wissen, wie er sich verhalten sollte. Die Schüler zeigten dieselbe Verunsicherung und Verlegenheit, wie man sie in Anwesenheit einer übergeordneten Autorität empfindet, die die vorherige ablöst. Er setzte sich im wahrsten Sinne des Wortes auf die Ersatzbank, fügte sich in eine Strafe, die so offensichtlich war, dass sie kein Aufbegehren erlaubte. Ich fuhr mit dem Unterricht fort, tat so, als wäre ich über Dinge auf dem Laufenden, von denen ich nichts wusste, bestand auf Tempo beim Szenenwechsel, darauf, dass Luciana das, was ihre Figur fühlt, besser zum Ausdruck bringt. „Du musst so tun, als würdest du fest an Dorantes Liebe zu dir glauben." – „Aber wie?" – „Na ja, dein Text allein genügt nicht, du musst an deiner Körpersprache, an deinen Blicken arbeiten. Zeig in seiner Gegenwart deutlich Interesse an ihm, klimper mit den Wimpern, stell dich ein bisschen dumm! Und du Mario, musst noch zweideutiger werden: Dubois ist derjenige, der ständig für Verwirrung sorgt, deshalb solltest du je nach Gesprächspartner einen anderen Ton anschlagen, mal einschmeichelnd, mal beruhigend, mal todernst – du bist das reinste Chamäleon, der große Drahtzieher der ‚falschen Geständnisse'. Wenn du zum Beispiel mit Araminte über Dorante sprichst, solltest du das eindringlicher tun und etwas dicker auftragen. Los, versuchen wir es noch mal." Dubois alias Mario Menna, der bei dieser Szene im Mittelpunkt stand, wiederholte seinen Part, als hielte er einen Monolog – genau in dem jammernden, melodramatischen Tonfall, der hier angebracht war. Er teilte Araminte – Laura Perrotta, die gerade nicht auf der Bühne stand – mit, dass Dorante, überwältigt von Liebe zu ihr, den Verstand verloren habe, seinen fröhlichen Elan, sein einnehmendes Wesen: *„Alles hatten Sie vertrieben! Glauben Sie etwa, er hoffe, von Ihnen wiedergeliebt zu werden? Keineswegs. Er sagt, auf der ganzen Welt gäbe es niemanden, der das verdiene; er möchte Sie nur sehen, Sie betrachten, Ihre Augen bewundern, Ihre Anmut, Ihre schöne Figur; das ist alles."* Da drehte ich mich zu Nino um, als wollte ich ihm sagen: „Siehst du?" Doch er hielt den Blick gesenkt und starrte auf seine Schuhe. Da bat ich besonders nachdrücklich darum, Mario und seiner grandiosen Darbietung zu applaudieren. Wieder suchte ich Ninos Blick, der wütend war, in sich gekehrt, genervt von der Situation und von dem Schlagabtausch bei Marivaux, der ihn fast schon dreist an seine eigene Situation erinnerte. *ARAMINTE „In alledem ist etwas unverständlich. Sehen Sie die von Ihnen geliebte Person oft?" DORANTE [immer noch niedergeschlagen]: „Nach meinem Empfinden nicht sehr oft, Madame, und selbst wenn ich sie jeden Augenblick sähe, glaubte ich, sie nicht häufig genug zu sehen."*

„Ein blödes Herz!", rief Monsieur Remy, der Verwalter, *„ein blödes Herz!"*, in dem Versuch, seinen Neffen davon abzubringen, sich weiter in diese Liebe hineinzusteigern, doch wenige Szenen später sieht sich Renzo Mancini in der Rolle des Harlekins genötigt, zu berichten, dass Monsieur Dorante weint. *„Er wartet an der Tür auf mich und weint dort."*

Ganz anders Nino, der sich besser zusammenreißen konnte. Er wartete vor der Tür – mit einem traurigen, wütenden, aber nicht feuchtem Blick. „Du hast es geschafft, mich bloßzustellen", sagte er und erwartete meine Reaktion mit einem Zucken im Gesicht, mit bebenden Lippen. Sie verliehen ihm das Aussehen eines beleidigten Kindes, das sich mit einer Brille samt angeklebtem Schnauzbart verkleidet hat. „Niemand wollte dich bloßstellen, ich wusste bloß nicht, dass du kommst, also habe ich mit dem Unterricht angefangen." – „Du hättest mich fragen können." – „Du hättest mir Bescheid geben können." – „Du hast mich vorgeführt", beharrte er. „Musste das wirklich sein?" – „Red keinen Blödsinn." Doch er konnte es einfach nicht lassen. „Wir wissen ja, dass du eine tolle Schauspiellehrerin bist, aber es muss doch für dich reichlich deprimierend sein …" – genau so drückte er sich aus: *deprimierend* – „… ein paar versprengte, scheintote Amateure zu unterrichten." – „Und, bist du jetzt fertig?", sagte ich nur und kehrte ihm den Rücken zu. – „Warte!" – „Worauf?" – „Da ist noch etwas." – „Na, dann raus mit der Sprache." – „Hör zu, Grazia, mach du diesen Kurs zu Ende. Ich habe nicht vor, mich deinetwegen noch länger zum Idioten zu machen." – „Du bist dreiundzwanzig und benimmst dich mal wieder so, als wärst du erst halb so alt, du machst mich dermaßen wütend, Nino, das kannst du dir gar nicht vorstellen!" – „Und du mich erst." – „Sag mal, für wen hältst du dich, Nino? Für wen hältst du dich eigentlich, verdammt noch mal? Du bist ein armes, kleines Schwein wie unzählige andere. Ich habe dir eine Chance gegeben, die du offensichtlich nicht verdient hast, du hättest lieber in London bleiben und als Depp verkleidet vor Restaurants herumstehen oder Teller waschen sollen. Es gibt großartige Schauspieler, die sogar noch jünger sind als du, und seien wir doch ehrlich, Leute, die sich im Gegensatz zu dir wirklich Schauspieler nennen dürfen." Er sagte gar nichts mehr, sondern war den Tränen nahe. „Hältst du dich etwa für unersetzlich?", fuhr ich fort. „Unersetzlich für wen? Werd endlich erwachsen, Nino, mach verdammt noch mal was du willst und werd erwachsen." Ich sah so etwas wie Hass in seinen Augen aufblitzen, etwas, das man mit Sicherheit als „Eines Tages werd ich auf deiner Beerdigung tanzen" interpretieren konnte. „Du kannst mich mal, Grazia, du kannst mich mal!", sagte er, während ich ihn endgültig stehen ließ, und Teresa mir entgegen kam. Ich ging einfach weiter, schüttelte nur wortlos den Kopf und ließ zu, dass sie ihn weinend vor der Tür vorfand – genau wie Dorante, mehr oder weniger völlig fertig. III. Akt, 12. Szene, *ARAMINTE: Kommen Sie näher, Dorante. DORANTE: Ich wage kaum, vor Ihnen zu erscheinen. ARAMINTE [beiseite]: Ich bin fast ebenso unsicher wie er. [Laut]: Warum wollen Sie mir über meine Papiere Bericht erstatten? Ich habe volles Vertrauen in Sie. In dieser Beziehung kann ich mich nicht über Sie beklagen. DORANTE: Madame ... ich möchte etwas anderes sagen ... ich bin so verwirrt, so aufgeregt, dass ich nicht sprechen kann. ARAMINTE [beiseite, bewegt]: Oh, wie ich das Ende von alledem fürchte!*

„Diese Situation gefällt mir ganz und gar nicht“, sagte Teresa – distanziert und auch ein wenig kühl. Nino wäre durchaus bereit gewesen zuzugeben, dass er übertrieben hatte, wenn sie ihn nur umarmt oder eine zärtliche Regung gezeigt hätte, irgendwas. Fehlanzeige. Also blieb er stur, blieb, ohne sich die Tränen zu trocknen – was sie ebenso rührte wie abstieß –, weiterhin stur und wiederholte wie bei einem Machtkampf, dass ... „Hör zu, Nino“, unterbrach sie ihn, „das interessiert mich alles nicht. Glaubst du etwa, ich könnte zwischen euch vermitteln oder schlimmer noch für einen von euch Partei ergreifen? Die Situation ist mir extrem unangenehm, alles ist mir unangenehm.“ – „*Wie* alles?“, fragte er, was die Sache erst recht zuspitzte. „Alles, Nino, einfach alles.“ Er hatte nicht den Mut, sie zu fragen, ob sich das auch auf das bezog, was zwischen ihnen vorgefallen war. Ihm genügte diese Anspielung, um ebenfalls auf Distanz zu gehen, ihr gegenüber Härte zu zeigen. „Denk doch, was du willst!“ – „Darauf kannst du Gift nehmen.“ Damit endete die Kraftprobe, dabei hätte wie immer so wenig genügt, um sie zu vermeiden. Wenn er doch nur so etwas gesagt hätte wie „Ich bin angespannt, ich versteh gar nichts mehr“, wenn er sich ihr geöffnet, ihr gestanden hätte, dass seine Gewissheiten gerade dahinschwanden wie Sand in einer Sanduhr ... Obwohl sie es spürte, reichte es einfach nicht, sie hätte es sehen, den Finger in die Wunde legen oder zumindest hören müssen „Ich habe das Gefühl, gar nichts mehr zu wissen. Nicht einmal mehr, was ich empfinde.“ Stattdessen gab Nino nur eine überflüssige Bemerkung von sich – „Okay, lassen wir das!“ – und schwieg verunsichert. Das nutzte Teresa, um die Bombe platzen zu lassen: „Es gibt da etwas, das ich dir schon neulich hätte sagen müssen. Tut mir leid, dass du es ausgerechnet jetzt erfährst, aber die Ärzte haben eine Krankheit festgestellt, die bisher unentdeckt geblieben ist, sie haben das Bein bestrahlt, und nächste Woche beginnt die Chemo. Ich will im Moment nicht auf Details eingehen, weil ich das für unnötig halte, es reicht, dass du generell Bescheid weißt.“ Da versagte ihr ein wenig die Stimme, und Nino hätte gern gefragt „Wessen Bein? Von wem redest du da gerade?“, obwohl er es ganz genau wusste. Doch manchmal muss man bestimmte Dinge einfach mehrfach gesagt bekommen – solche, die aus heiterem Himmel das größte Glück, aber vor allem solche, die aus heiterem Himmel das größte Unglück bedeuten.

Inzwischen war Frühling, doch nicht einmal das war offensichtlich: Es regnete die ganze Zeit. In den wenigen Stunden ohne Niederschlag war es düster und schwer bewölkt wie in der Passionsgeschichte des Lukas-Evangeliums. Am Palmsonntag ging Teresa um neun Uhr zur Messe: Sie liebte diese Feiertagsliturgie seit jeher, vor allem die Prozession mit den Olivenzweigen, die während des mitreißenden, aber missverständlichen Chors *Hosianna dem Sohne Davids* geschwenkt und anschließend mit nach Hause genommen werden, um dann den Rest des Jahres hinter einem Kruzifix oder einem Madonnenbild zu vertrocknen. Und jedes Mal bewegte sie das Evangelium, das mit verteilten Rollen gelesen wurde, nachhaltiger als sonst: eine Aufführung, deren zeitloser Theatercoup die Vorhersage der Verleugnung Petri ist. *Und Petrus erinnerte sich an das Wort, das Jesus gesagt hatte: Ehe der Hahn kräht, wirst du mich dreimal verleugnen. Und er ging hinaus und weinte bitterlich.*

Weil sie vom langen Stehen müde waren, setzten sich die alten Frauen irgendwann, bis sich die Sonne verdunkelte, bis der Vorhang im Tempel mitten entzweiriss, bis Jesus mit lauter Stimme rief: *In deine Hände lege ich meinen Geist.* Da knieten sie nieder und hielten sich die Augen zu wie von plötzlicher Trauer erfasst – ein Eindruck, der in den Dörfern der Provinz durch ihre strikt schwarze Kleidung noch verstärkt wurde. Die Auferstehung ist an dieser Stelle nichts weiter als eine Verheißung, gesichert durch die jahrtausendalte Wiederholung ein- und derselben Heilsgeschichte. Aber im Glaubensbekenntnis wird sie zur Gewissheit: *Er ist am dritten Tage auferstanden nach der Schrift und aufgefahren in den Himmel. Er sitzt zur Rechten des Vaters und wird wiederkommen in Herrlichkeit, zu richten die Lebenden und die Toten. Seiner Herrschaft wird kein Ende sein.* Bei diesem langen Gebet geriet Teresa allerdings häufig ins Stocken und versteckte sich hinter den Stimmen der anderen, so wie wenn man einen Liedtext vergessen hat. *Ich glaube an den einen Gott, den Vater, den Allmächtigen, der alles geschaffen hat, Himmel und Erde, die sichtbare und die unsichtbare Welt* ... Manchmal ist es sogar noch schwerer, an die sichtbare zu glauben!, dachte Theresa. *Gott von Gott, Licht vom Licht, wahrer Gott vom wahren Gott* ... Und ich, von wem? *Ich glaube an den Heiligen Geist, der Herr ist und lebendig macht* ... und an alle Momente, in denen ich mich schon lebendig gefühlt habe (an jedem Sonntag, an jedem einzelnen bei der Oma, wo die Auflaufform mit den Kartoffeln immer schon im Ofen gewartet hat – Kartoffeln, wie ich sie nie wieder essen werde, so weich und hell) ... *Ich bekenne die eine Taufe zur Vergebung der Sünden* ... all meiner Sünden und besonders der einen, egal ob das nun eine Sünde ist oder eher eine Schwäche, eine Niederlage, ein Fehler ... *Ich erwarte die Auferstehung der Toten und das Leben der kommenden Welt* ... und ja, ich warte, manchmal tue ich nichts anderes, kann gar nicht anders als warten.

Sie würde auch noch seinen nächsten Schachzug abwarten, so lautete ihr Entschluss. Wollte sie ihn dadurch auf die Probe stellen? Oder den Moment hinauszögern, wenn man in den Spiegel schaut und begreift? Wollte sie auch noch in Zukunft mit ihm zusammen sein? Teresa war verwirrt, diese Fragen belasteten sie mindestens genauso wie Nino. Er wusste nur, dass er sie nicht verlieren wollte und hatte sich wie immer mit einem konkreten Vorschlag gemeldet – ein Picknick am Ostermontag. „Aber der Wetterbericht hat Regen angesagt." – „Egal", erwiderte er, dann picknicken wir eben im Auto." – „Wie geht denn das, ein Picknick im Auto?" Wieder war es ihm gelungen, sie zum Lachen zu bringen. „Man parkt einfach irgendwo, zum Beispiel auf der Aussichtsterrasse des Gianicolo, entfaltet ein paar Servietten und legt los, bis alle Bier- und Essensvorräte aufgebraucht sind. Und, was meinst du?" Er erklärte ihr, dass Auto-Picknicks ein fester Bestandteil seiner Kindheit gewesen waren. „Als wir noch eine Familie waren und Richtung Castelli Romani aufgebrochen sind, haben wir uns immer Pizza und Supplì bei Ariccia oder Genzano geholt und die im Auto gegessen, selbst wenn es nicht geregnet hat. Ich hab mit Fettfingern auf dem Rücksitz gekniet und die Welt da draußen durch die Heckscheibe bewundert wie aus einer Schneekugel. Irgendwann hat Papa den Motor wieder angelassen, und dann sind wir nach Hause zurückgefahren. Es war schön und vertraut, auch ohne was zu reden." – „Gut, lass es uns probieren", sagte Teresa.

Ihr habt dann vor einem Regenvorhang einen Döner gegessen, immer mal wieder den Motor angelassen, um euch ein wenig aufzuwärmen, während Bier und Gelächter mit dazu beitrugen, erneut so etwas wie Nähe zwischen euch herzustellen. Teresa fühlte sich so unbeschwert und geborgen, dass sie sagte: „Gestern in der Ostermesse hat mich etwas, das der Priester gesagt hat, ganz besonders beeindruckt." – „Während der Predigt?", fragte Nino. „Das heißt Homilie!", verbesserte sie ihn. „Er hat was erwähnt, bei dem ich an dich denken musste." – „In der

Kirche solltest du nicht an mich denken." – „Hör auf damit! Er hat Folgendes gesagt: ‚Es ist gar nicht schwer zu glauben.' So hab ich das noch nie gesehen. ‚Es ist gar nicht schwer', hat er gesagt, weil Vertrauen etwas ist, das dem Menschen angeboren ist. Der Mensch ist dafür gemacht zu vertrauen." – „Ich vertrau so schnell niemandem", sagte Nino. Teresa warf ihm einen mahnenden Blick zu. „Wir vertrauen uns", sagte sie, „allein schon, dass wir hier sind und dieses Auto-Picknick machen, heißt doch, dass wir uns vertrauen – oder etwa nicht?" – „Aber Vertrauen allein genügt nicht", fuhr Nino fort. – „Nein, das genügt nicht, das hat auch der Priester gesagt." – „Siehst du!" Er lachte. „Bald lass ich mich zum Bischof weihen!" – „Man muss sich einfach nur auf das Mysterium einlassen." – „Verstehst du jetzt, warum ich nicht in die Kirche gehe? Weil dort Sätze fallen wie *sich auf das Mysterium einlassen*. Was soll das heißen?" – „Nino! Es heißt, was es heißt: Sich auf das Mysterium einlassen!" Wie auf eine Liebesbeziehung, hätte sie gern noch hinzugefügt. Stattdessen behielt sie den Satz und auch den nächsten zur Homilie für sich. Denn der junge, fremde Priester hatte noch etwas ganz Wunderbares gesagt. Er war die Altarstufen heruntergekommen, inmitten des Kirchenschiffs stehen geblieben und hatte gesagt: „Was glaubt ihr, bedeutet das, *auferstehen?*" Nach einem langen Schweigen hatte er ergänzt: *„Euer Leben zurückbekommen,* das heißt es. Dass nichts je verloren geht."

Ihr liebtet euch erneut, und es war schön – anders. „Willst du mit raufkommen?", hatte Nino gefragt, was Teresa bejahte. Beim Betreten seines Zimmers fühlte sie sich ihm womöglich noch näher als kurz darauf, als sie ihn nackt sah. Für Nino war es genau andersherum, ihr Körper war eine Neuigkeit, die es zu bewundern galt – im Auto hatte er höchstens einen flüchtigen Blick darauf erhaschen können. Doch jetzt war sie hier, in seinem Bett, die Arme neben dem Körper, die Beine zusammen, das ein oder andere kleine Muttermal, das dunkle Schamhaar. Sie hatte die Augen halb geschlossen. „Teresa ..." Er streckte sich neben ihr aus und legte ihr die Hand auf die Stirn, als wollte er ihre Temperatur fühlen.

Danach fragte Teresa, ob sie duschen könne. Nino eilte ins Bad und sorgte dort so gut er konnte für Ordnung. Als er ihr ein sauberes Handtuch reichte, wurde er erneut erregt und wollte sie küssen, doch sie entwand sich ihm, wenn auch lachend. „Dein Smartphone klingelt!", rief Nino aus seinem Zimmer. Sie hörte ihn nicht, und da schaute er, wer dran war, der Name Grazia leuchtete auf, und er nahm den Anruf entgegen, doch eine Männerstimme sagte: „Spreche ich mit der Nichte?" – „Nein, ich bin ..." Doch die Stimme redete bereits weiter: „Die Dame hatte einen Zusammenbruch."

Und alles, auch die knospenden Blätter,
auch die heranwachsenden Kinder,
alles hat irgendwann keine Zukunft mehr.

Giovanni Raboni

Damit wäre das Ganze also gelaufen.

Wenn mir noch Zeit bleibt ...

Sämtliche Gedanken oszillierten zwischen diesen beiden Polen hin und her: Damit wäre das Ganze also gelaufen. Wenn mir noch Zeit bleibt. Es gab noch so viel zu sagen, wir hatten uns noch so viel zu sagen. Aber das Reden fiel mir zunehmend schwerer. Mein Leben ging zu Ende, und das der anderen wurde mir immer unerträglicher. Böse Gedanken beherrschten mich, so tyrannisch wie die Krankheit. Sie brachen ohne Vorwarnung aus mir hervor, völlig unkontrolliert. Beleidigende und erpresserische Gedanken. „Und du erzählst mir so was!", rügte ich zu meiner eigenen Überraschung eine Freundin, die zu Besuch gekommen war. Sie plante eine Reise. „Um dich abzulenken", verteidigte sie sich mit gesenktem Blick. Ich blieb allein und beruhigte mich wieder. Ich hätte sie gern angerufen: „Hallo? Leb wohl, Silvana, und das mit neulich tut mir leid." Natürlich auch alle anderen wegen allem anderen. Hallo und lebt wohl, liebe Leute, die ich zu meinen Freunden gezählt habe! Lebt wohl, ihr wunderbaren Arschlöcher, die ihr noch eine Zukunft habt. Doch dann kamen die Arztvisiten, Untersuchungen, Therapien – alles Dinge, die verlangsamen, verzögern, verwirren, den Abschiedsmoment hinausschieben. Er zeigt sich und verschwindet, verschiebt sich um einen Monat, um ein Jahr, um dann wieder näher zu rücken. Da bleibt keine Zeit fürs Theater. Leb wohl, Regen, der du gegen die Fenster der Regionalzüge prasselst. Denn es kommen Schwarz auf Weiß die Werte. Die Ärzte mit ihren Prognosen. Das Erste, was bald nur noch eine Erinnerung zu sein drohte, war der Geschmack der Speisen. Nachdem ich tagelang nur über eine Sonde ernährt worden war – es war Ende April, das Licht von draußen schaffte es, durch die Fensterläden meines Zimmers zu dringen –, biss ich in einen Apfel. Was für ein Wunder, eine Zunge, die schmecken kann! Marmelade, Tomaten, frisches Brot. Teresa nahm es als Zeichen für meine beginnende Genesung. Ich lächelte. Ein verdammter Apfel, das war doch nichts! Und gleichzeitig so viel. Es stellte sich als Illusion heraus. Lebt wohl, Handys, die ihr auch weiterhin klingeln werdet! Manchmal zwang mich das dringende Bedürfnis, mit jemandem zu reden, eine Nummer zu wählen, auch noch spätabends oder frühmorgens. „Wie geht es dir?“, fragte man mich. So lautet zuverlässig die erste Frage, die allerdings auch die ist, die sich am schwersten beantworten lässt: Gut. Geht schon. Ich kann nicht klagen. Doch ich sagte „Schlecht“, spürte die Verlegenheit und half mit einer Gegenfrage darüber hinweg: „Erzähl mir was.“ Selber schuld!, dachte ich, während Neuigkeiten aus der Welt der Gesunden, der Lebenden an mein Ohr drangen. Lebt wohl, Amseln auf Balkongeländern, auf *meinem* Balkongeländer. Lebt wohl, Basilikumpflänzchen, alles, was wächst und gedeiht, was auch in Zukunft gedeihen wird. Ich musste das normale Leben zurücklassen wie ein abgebranntes Haus. Ich litt darunter, reagierte ungläubig, gekränkt. Ich litt unter allem, was abrupt ein Ende fand. Das waren nicht nur Pläne und Chancen, sondern alles, *womit ich gerade beschäftigt war,* mein Leben im Hier und Jetzt. Das morgendliche Frühstück, die Nachrichten. Zunächst einmal musste ich den Theaterkurs aufgeben und einen Ersatz für mich finden. Das war kein Problem. Wie sich herausstellte, lief auch alles ohne mich weiter. Das machte mich unglaublich wütend, verhalf mir aber auch zu einer bis dahin ungekannten, überlegenen Gelassenheit. Doch es stimmt einfach nicht, was manche behaupten, nämlich dass einen die Krankheit zwingt, sich auf das zu konzentrieren, „was wirklich wichtig ist“. Weil alles wichtig war, alles, noch die kleinste Kleinigkeit. Puder,

Lippenstifte, Friseurtermine, alberne Filme. „Grazia!“, schienen sie im Chor zu sagen, „Wir sind noch hier, wir bleiben, und du?“ Leb wohl Eitelkeit, Schminke, mit der auch ich versuchte, die Spuren der Zeit in meinem Gesicht zu kaschieren. Lebt wohl, Parfüms: Die Freude, mich vor dem Ausgehen damit einzustäuben, wird mir fehlen. Mir wurde klar, dass Vieles bereits seit langem vorbei war, noch bevor alles vorbei sein würde. Dass sich in meiner Schauspiellaufbahn noch mal etwas Neues ergeben würde, war offensichtlich nicht mehr zu erwarten und hatte nichts mit meiner Krankheit zu tun. Dieses Kapitel war ein für allemal abgeschlossen. Abgeschlossen war auch das Kapitel Verliebtsein – wann war ich das letzte Mal so richtig verliebt gewesen? Lang, lang ist's her. Schluss, aus, vorbei. Es gab keinen einzigen Menschen auf der Welt, den ich nach meinem Tod auf halber Strecke zurücklassen würde, niemanden, um den ich mich kümmern musste. Tochtersein – dieses Kapitel war abgeschlossen, genau wie das Muttersein, auch wenn ich es gar nicht erst aufgeschlagen hatte. Meine Schwester, entfernte Verwandte, Freunde: Sie alle würden auch weiterhin den Zug nehmen, ihre Reise ohne die alte, eigenbrötlerische, exzentrische Tante fortsetzen, die nie ein Blatt vor den Mund nahm. Die kurz da war und dann wieder nicht, so unstet wie eine flackernde Lichterkette. Es konnten Monate, ganze Jahreszeiten, ja Jahre der Funkstille vergehen, doch wenn ich dann plötzlich wiederauftauchte, verließ ich mich stets darauf, dass die Vertrautheit noch da war. Und die Schüler? Die Neuen hatten mich gar nicht erst richtig kennengelernt. Und die Alten? Wer weiß, vielleicht würden sie sich ein Jahr nach meinem Tod zu einem gruseligen Gedenkgottesdienst zusammenfinden, in Trauerkleidung, schwarz wie Raben, mit einer Rührung, die sich im Laufe der Aufführung, pardon, des Ritus, immer mehr steigert, bis zur Katharsis, genauso wie es sich gehört, und dann sagen, dass Grazia … „O Grazia! Sie hat uns nicht nur gezeigt, wie man spielt, sondern auch, wie man atmet, wie man lebt.“ Auch wenn das nie so gewesen ist. Andererseits schreibt man Toten eher mehr als weniger zu. Ich verlasse euch jetzt, Bretter, die die Welt bedeuten, samtbezogene Sitze, Theater der Welt.

Blieb also nur noch die Frage, was aus euch beiden, aus Nino und Teresa, werden sollte, wenn ich euch nicht mehr hinterherspionieren, keine Schlussfolgerungen mehr anstellen und mir nichts mehr ausmalen konnte. Nein, um das Theaterstück machte ich mir keine Sorgen, das würde so oder so aufgeführt werden. Die Begeisterung von Freunden und Verwandten würde die alten Schauspieler ebenso anfeuern wie den jungen Regisseur, die Entfernungen überbrücken und allen Ärger vergessen lassen. Auch um eure Zukunft machte ich mir keine Sorgen: Nino würde sich schon irgendwas ausdenken – sei es der YouTube-Kanal mit seinem albernen Zeug, eine Theaterwerkstatt für Kinder oder ein Engagement als Animateur in irgendeinem Hotel oder Einkaufszentrum. Und Teresa würde schon bald eine neue Arbeit finden, sich von einer zunehmenden Vertrautheit mit der Stadt und mit sich selbst in dieser Stadt leiten lassen. Blieb also nur noch die Frage, wie es mit eurer Beziehung, mit euren noch jungen Leben weitergehen sollte, seit eure Wege sich gekreuzt hatten. Das tat mir ganz besonders leid: in dieser Unwissenheit abtreten zu müssen, nichts mehr von dieser aufkeimenden Liebesgeschichte mitzubekommen. Ich hätte euch gern gesagt, wie sehr ich mich freute, euch zusammen zu sehen, denn ihr wart wirklich wunderbar, und das Schauspiel der Jugend ist in den Augen desjenigen, der sie verloren hat, immer ein Wunder, das einen erbeben, aber auch verzweifeln lässt. Wenn man jedoch trauert, dann immer nur um sich selbst. Nie euretwegen, das nie, nicht um Menschenkinder, die einen so wenig enttäuschen und im Besitz des einzigen Reichtums sind, um den man andere wirklich beneiden kann – im Besitz von Zeit, die noch vor ihnen liegt. Es war schön, mitanzusehen, wie ihr euch in dem verlort, was mir inzwischen verwehrt war, in dieser wunderbaren Verwirrung von Körper und Geist, in Verunsicherung und Tatkraft, in totaler Verblödung, Unerfahrenheit und wilder Anmaßung, in der Fähigkeit, etwas zu empfinden und zu genießen. Ich war glücklich, dass ihr euch kennengelernt habt, auch wenn ich euch das nie gesagt habe –

zwei von Milliarden, an dem bewussten Montagnachmittag Ende Oktober, kurz nach sieben Uhr. Und darüber, dass ihr euch nicht gleich wieder aus den Augen verloren habt.

Dass ihr dem Fluss des Lebens gefolgt seid, der Fremdheit abträgt und in Vertrautheit verwandelt, aus zwei Wildfremden nicht mehr ganz so Fremde macht. „Lass uns was spielen", sagt Nino auf dem Weg zum Kino. – „Was denn?" – „Lass uns eine komplett andere Perspektive einnehmen: ein Regentag aus der Perspektive eines Schirmverkäufers, norwegische Effizienz aus der Warte eines Lachses, das Erntedankfest aus dem Blickwinkel eines Truthahns." Darauf Teresa: „Wenn ich eine Stadt wäre, welche wäre ich dann?" – „Dann wärst du Lissabon im Sommer."

Es ist schon seltsam, dass euch ausgerechnet meine Krankheit auf die Probe stellte: Nino brauchte lange, um den Ernst der Lage zu erkennen. Er schrieb mir eine ellenlange SMS, in der er sich entschuldigte. *Jetzt machst du mich erst recht wütend!*, schrieb ich zurück. *Wofür entschuldigst du dich? – Für alles.* Er wirkte auf mich wie jemand, der sich weigert, die denkbar schlimmste Entwicklung innerlich zuzulassen, die einer Krankheit zum Beispiel. Das Allerschlimmste oder besser gesagt Unumkehrbare. Er war am wenigsten realistisch und daher derjenige mit der meisten Hoffnung: kein ausgemachter Optimist, aber jemand, der sich verbietet, die Gedanken bis zur letzten Konsequenz vorauseilen zu lassen. Er hielt kurz davor inne, wo das Morgen noch selbstverständlich auf das Heute folgt. Teresa tat sich da weniger leicht. Sie war hin und her gerissen zwischen dem Gefühl, die nächste Angehörige zu sein (von der unterschwellig erwartet wird, dass sie die weitere Krankengeschichte nahtlos verfolgt, die Therapien und Hoffnungen, dass sie sich jedem nur erdenklichen praktischen Problem stellt) und dieser alles beherrschenden Trauer, Wut und Ungerechtigkeit. Nino versuchte ihr beizustehen, mischte sich auch in Dinge ein, wo sie es lieber nicht gehabt hätte, und wurde in seine Schranken gewiesen. Sie machte ihm klar, dass er nicht so gut wie jeden Abend an der Straßenbahnhaltestelle vor dem Krankenhaus auf sie warten musste. Sie hatte weder Lust noch Zeit, sich über dieses selbstlose Engagement zu freuen – darüber, dass es in diesem so schrecklich traurigen Frühling doch noch so etwas wie einen Lichtblick für sie gab. Sie hatte nicht mal mehr Lust zu lachen, wenn er sie ablenken wollte. Sie machte ihn für das an ihr nagende schlechte Gewissen verantwortlich, weil sie sich ausgerechnet in dem Moment nackt und alles um sich herum vergessend gefunden hatten, als ich das erste Mal zusammengebrochen war. Das hatte ihren Küssen und allem anderen Einhalt geboten, sie hatte sich wieder abgekapselt, während er versuchte, ihr Wärme zu schenken, ohne sie zu berühren.

Eines Abends – einer meiner letzten – nahmt ihr gemeinsam die Straßenbahn. Teresa war gerade aus dem Krankenhaus gekommen, und Nino hatte draußen auf sie gewartet. „Wollen wir durchs Zentrum bummeln?", schlug er vor. Teresa reagierte mit einer Gegenfrage: „Wieso kommst du nie rein?" – „Ich will sie so nicht sehen", erwiderte Nino. – „Was meinst du mit *so?*" – „So krank." – „Das ist aber eine ziemlich alberne, kindische Einstellung." – „Kann sein, aber das ist mir egal – ich werde Grazia erst dann wiedersehen, wenn sie aus dem Krankenhaus entlassen wird." Für die Dauer einer Haltestelle schwieg Teresa und starrte vor sich hin, dann drehte sie sich abrupt zu ihm um – eine Härte im Blick, die er so noch nie an ihr gesehen hatte. „Ist dir eigentlich klar, dass sie höchstwahrscheinlich nie mehr aus diesem Scheißkrankenhaus entlassen wird?" – „Ich will nicht daran denken." – „Du denkst nur an das, was dir gefällt, was dir nicht zu viel Angst macht, was? Das ist mal wieder typisch für dich!" – „Teresa", sagte er. „Warum versuchst du nicht ... – „Was, was soll ich versuchen?" – „Nichts, entschuldige." An Gott zu glauben, zu glauben, hätte er gern gesagt, schwieg aber. Er sah sie mit einer Traurigkeit an, die in Worte gefasst bedeutet hätte: „Wie soll ausgerechnet *ich* dich trösten?" Sie versuchte, sich auf die gemeinsame Zeit mit ihm zu konzentrieren, wechselte das Thema und sagte: „Ich will dir etwas zeigen." Er atmete auf, war erleichtert, dass sie eine Ablenkung vorschlug. „Wir müssen aber noch den Bus nehmen." Ihr gingt über die Piazza della Repubblica, bei einem herrlichen Sonnenuntergang. Teresa sah in diesem Licht, dass der Sommer anfing, und ihr Magen zog sich schmerzhaft zusammen. „Ob wir uns dort jemals eine Nacht leisten können?", sagte Nino, als sie am Grand Hotel vorbeigingen – nach vielen Wochen wieder der erste Satz, der vielleicht auf die Liebe anspielte, der ihr euch nicht mehr hingabt. „Wenn wir eines Tages reich sind", erwiderte Teresa und beließ es dabei. Ihr fandet euch vor der Kirche an der Ecke zur Via Bissolati wieder. Nino stellte keine Fragen. Er folgte ihr verwirrt hinein, während sie das Kreuz schlug und mit raschen Schritten das Mittelschiff durchmaß. Sie ging auf eine Kapelle links vom Altar zu: „Schau!" Er hob den Blick und sah ein kleines Theater mit einer Hintergrundkulisse aus goldenen Strahlen, mit Logen, aus denen bärtige Männer spähen, in der Mitte ein junger Engel, der gerade dabei ist, eine Frau mit einem Pfeil zu durchbohren. Sie trägt die Kopfbedeckung einer Nonne, ihre Züge sind verzerrt und voller Hingabe, die Lippen geöffnet, die Lider halb geschlossenen. Der junge Engel lächelt. „Was ist das?", fragte Nino. „Bernini", erwiderte Teresa. Sie setzte sich, während er noch kurz stehen blieb, um das Gesicht der Frau zu betrachten – weiß-leuchtend, aus einem Marmor, der zu beben schien wie lustvoll zitterndes Fleisch. Dann setzte er sich ebenfalls. Er hätte gern den Arm um sie gelegt und gesagt: „Zeig mir, wie man betet." Stattdessen wiederholte er, „Was ist das?" Leise erklärte sie ihm kurz die Legende von der Heiligen, die ihren Namen trug, von dem begnadeten Bildhauer, von diesem Wunderwerk lebendiger, sinnlicher Schönheit, das so gar nichts Keusches hatte, und das sein Schöpfer für sein allerbestes Werk gehalten hatte. Eines der wenigen Geheimnisse Roms, die sie tatsächlich kannte. Für sie war es kostbar, und sie wollte es gern mit ihm teilen. Er war ganz befremdet und verstört und sagte nur: „Danke, dass du mich mitgenommen hast." Sie brachte die Lippen an sein Ohr – Nino spürte aus nächster Nähe ihren Atem – und flüsterte: „Siehst du den lateinischen Schriftzug da unten, gehalten von dieser kleinen Engelschar? Da steht: *Hätte ich den Himmel nicht geschaffen, allein um deinetwillen würde ich ihn erschaffen."*

„Das klingt nach einer Liebeserklärung", sagte Nino. „Das *ist* eine Liebeserklärung", sagte Teresa.

Alles andere, draußen, danach, war ein böser Zeitstrudel, der für nichts mehr Raum ließ, für fast nichts außer Panik und Schmerz. Das Ganze lief so, dass es am frühen Morgen geschah, zu der Tageszeit, die mir die liebste ist (ich sah den Himmel von Rom, wie er sich Ende April zeigt, aber vielleicht habe ich das auch bloß geträumt). Nino hätte gern ihre Hand genommen und gedrückt: Auf der Beerdigung, als der Priester den Satz wiederholte *Wer an mich glaubt, der hat das ewige Leben*, merkte er, dass Teresa weinte, als wäre ihr alles genommen worden. Und als ihm dieses Adjektiv – ewig – wie eine Lüge vorkam, kniff er die Augen so fest zusammen, hörte es dermaßen laut in seinen Schläfen pochen, dass er dachte: Vielleicht ist es ja das: beten. Er wandte sich nicht an Gott, sondern hoffte nur, bat einfach nur darum, dass ihr nichts zustieß, betete darum, dass es ihr gut ging.

Vor der Kirche herrschte grelles, heißes, erbarmungsloses Licht. Flirrender April. Der grausamste aller Monate? Oder der lieblichste? Damit zurechtzukommen, vom Dunkel wieder ins Licht zu treten, war für euch deutlich schwieriger als für mich: wieder in die Normalität zurückzukehren, euch davon zu überzeugen, dass es auch weiterhin eine gute Idee ist, sich zu treffen und zu finden, ohne den Umweg über das Theater oder mich. Ihr beschwort mich herauf, ohne es zu wollen, bezogt mich mit ein, als wäre ich verantwortlich oder schuld an eurem Kennenlernen. Ihr fragtet euch, was ich wohl dazu sagen, was ich euch raten oder mir wünschen würde. Ihr fragtet mich, auch wenn das im Grunde gar nicht mehr ging. Ihr fragtet mich eindringlich, verzweifelt und erst nach langer Zeit fröhlich, so wie es sich gehört: von einer Stille zur anderen wie ein Gebet. Ihr batet mich, euch einen Weg aufzuzeigen, als könnte ich von hier aus mehr tun als das Wunder bestaunen, dass ihr am Leben seid, und achtsam zu wachen – wie man das eben so tut, wenn man auf etwas wartet, wenn einem etwas wirklich am Herzen liegt.

Es gibt viele Türen zu eurem Leben. Ich mache eine davon auf, schaue hinaus und schließe sie wieder. Es ist mir vergönnt, von hier aus noch mal alles zu überdenken, zu beobachten, das Band zurückzuspulen, jeden Moment noch einmal Revue passieren zu lassen, die Aufnahmen ab und an anzuhalten oder rückwärts laufen zu lassen, um etwas besser zu verstehen, es auszukosten und auch dort noch Zugang zu bekommen, wo ich bisher außen vor, nicht dabei war, um nicht den Faden zu verlieren. So kann ich jeden Moment einer Zeit, die nicht mehr die meine ist, auf Wunsch noch mal ablaufen lassen. Setz noch mal den Topf mit dem Gemüse auf. Reich mir noch mal das Handy aus dem anderen Zimmer. Zieh die Schneeketten auf, es wird gleich schneien. Klopf noch mal an meine Zimmertür, während ich weine. Bring mir noch mal das Geschenk, das mir nicht gefällt. Sing noch mal dieses Lied.

Ich würde euch so gern noch so vieles sagen, auch wenn nichts davon wirklich notwendig ist: Nur eines, genießt das Leben und hetzt euch nicht, habt keine Angst zu scheitern – genau wie Phileas Fogg auf seiner Reise um die Welt. Die Ratschläge einer alten Tante. Andererseits kann ich nicht aufhören, so zu sein, wie ich immer war, so zu reden, wie ich immer geredet habe. Ich bin nach wie vor diese Stimme, die ihr manchmal wieder im Ohr habt, sie ist einfach dort geblieben und macht sich bemerkbar, wenn ihr gerade einschlaft. Und nein, bitte sagt jetzt nicht, dass ihr es ohne mich nicht schafft, denn erstens stimmt das nicht und zweitens ist der Tod eines Menschen das einzige Minuszeichen, das man akzeptieren *muss* – dafür bleibt die Gesamtmenge stabil: Einer geht, und der andere kommt. Und lacht ruhig, was ihr zwangsläufig tun werdet bei der Erinnerung an meine Seitenhiebe. An meine Wahrheitsausbrüche, wenn ich mich mal wieder auf etwas versteift und euch damit genervt habe, ich Sturkopf, der nie auch nur einen Millimeter nachgeben wollte. „Grazia, hör bitte endlich auf damit!" und darauf ich: „Du wirst schon sehen!" So als hätte ich euch immer etwas voraus: Lebenserfahrung, denn ich hatte wirklich ein langes Leben, auch wenn es viel zu rasch vorbei war. Wie bei der Reise um die Welt in achtzig Tagen spielten

Fahrpläne und Transportmittel eine nicht unwichtige Rolle, es war eine Wette und ein wunderbares Abenteuer – anstrengend, intensiv und voller Menschen, genau wie die Kirche Sankt Aquila und Priscilla am Tag meiner Beerdigung. Wenn man an Omen glaubt, also wenn man unbedingt an Omen glauben will, dachte ich mir, als der Küster das Kreuz schlug, hatte ich tatsächlich nur im April sterben können – wenn wieder etwas anfängt und Neues verheißt.

Es ist wieder früher Morgen, es regnet, es regnet in Strömen, Ninos Panda parkt vor Teresas Haus. Er hat die Initiative ergriffen und gesagt: „Lass uns jetzt bitte aufbrechen. Und wenn es nur zwei Tage sind!" Darauf sie: „Ich finde das noch zu früh. – „Zu früh wofür?" – „Zu früh für alles. Fürs Verreisen. Für das, was passiert ist." – „Aber auch, weil du Angst davor hast." – „Du hast mir ja noch nicht mal gesagt, wohin du willst", hat sie damals nachgehakt. – „Ich dachte da an den Ort, von dem aus eine Weltreise beginnen könnte." – „Aber das scheint mir nicht die richtige Stadt zu sein. Vergiss es, Nino!", erwiderte sie. – „Wieso ist London keine gute Idee?" – „Darauf solltest du eigentlich selbst kommen", gab Teresa zurück. Da spürte er zum ersten Mal so etwas wie Eifersucht bei ihr. Er beließ es dabei und bedrängte sie nicht. Die Tickets kaufte er trotzdem nach zwei Tagen und mailte sie ihr mit dem lustigen Betreff: *Von einem Reisebüro zum anderen*. Daraufhin rief sie ihn stinksauer an. „Du hast gebucht, ohne mich vorher zu fragen. Von mir aus kannst du die Tickets verbrennen! Oder aber du suchst dir eine andere Reisebegleitung." Sie legte auf. Er rief mehrmals bei ihr an, doch sie ging nicht dran. Er schrieb ihr: *Bitte!* Und sie antwortete: *Du bist wie ein kleines Kind, lass mich in Frieden*. Er schrieb: *Ich werde am Freitagmorgen um halb sieben vor deinem Haus sein*.

Und da ist er jetzt, die Hände am Steuer, obwohl das Auto steht, voller Hoffnung und unbeirrt, während es draußen weiterregnet, regnet ohne Unterlass. Nino schaut nach oben, er sieht nur einen Lichtfleck, wie durch eine dicke Träne. Er wartet, spürt, dass er in diesem Moment nirgendwo anders sein will, nur hier, in dem Panda, in dem sie sich geliebt haben. Nur hier, während er auf etwas wartet, das sich anfühlt wie ein Wagnis, wie eine Frechheit, wie eine Liebeserklärung.

TEATRO MONTEVERDE ROM

SONNTAG, 26. MAI 2013, 21 UHR

Die Schauspielschule „Grazia Palazzi“ führt auf:
Abschlussvorstellung des Seniorenkurses

FALSCHE GESTÄNDNISSE

EINE KOMÖDIE IN DREI AKTEN VON P. DE MARIVAUX

Laura Perrotta	*Araminte*
Giancarlo Righi	*Dorante*
Luciana Donati	*Marton*
Renzo Mancini	*Harlekin*
Ottavio Semprini	*Monsieur Remy, Verwalter*
Carla Papetti	*Madame Argante*
Massimo Leone	*Graf*

Bühne	**Filippo Magi**
Kostüme	**Schneideratelier Gentile**
Beleuchtung	**Thomas Marangoni**

Regie	**NINO MORANTE**

Eintritt frei

Quellen

Walter Benjamin, *Berliner Kindheit um Neunzehnhundert* (1950), zitiert nach der Ausgabe Suhrkamp, Berlin 2010. Carlo Goldoni, *Mirandolina* (1753), hier deutsch von Christiane Burkhardt. Pierre de Marivaux, *Falsche Geständnisse*, deutsch von Gerda Scheffel im Verlag Jussenhoven & Fischer GmbH & Co. KG, Köln 1986. Erminia Dell'Oro, *Filastrocche al ballo del Perché*, Einaudi, Turin 1998, hier deutsch von C. B. Jules Verne, *Reise um die Erde in 80 Tagen*, deutsch in der anonymen Übersetzung aus dem A. Hartleben's Verlag, Wien, zitiert nach https://gutenberg.spiegel.de/buch/reise-um-die-erde-in-80-tagen-4014/1. Philip Larkin, *Hohes Fenster*, deutsch von Waltraud Anna Mitgutsch in: *Englische und amerikanische Dichtung, Band 3: Von R. Browning bis Heaney*, hrsg. von Horst Meller und Klaus Reichert, C. H. Beck, München 2000. Jonathan Safran Foer, *Extrem laut und unglaublich nah*, deutsch von Henning Ahrens, Fischer, Frankfurt 2007. Giovanni Raboni, *Barlumi di storia*, Mondadori, Mailand 2002, hier deutsch von C. B. Giorgio Caproni, *L'opera in versi*, Mondadori, Mailand 1998, hier deutsch von C. B.

A.d.Ü.

Jacques Brel singt *La chanson des vieux amants*. The Lumineers singen *Ho Hey*.

Der lange Dialog zwischen Nino und Teresa enthält eine Bemerkung, die ich Jonathan Safran Foer entlehnt habe. Einige Zeilen Rabonis aus *Barlumi di storia* haben mich sehr inspiriert und tauchen im letzten Kapitel auf, vermengt mit den Worten Grazias. „Flirrender April" ist ein Zitat von Giorgio Caproni.

Paolo Di Paolo

Paolo Di Paolo

(Rom, 1983) gehörte 2003 zu den Finalisten des Premio Italo Calvino per l'inedito und des Premio Campiello Giovani. Seine Romane *Raccontami la notte in cui sono nato* (2008), *Dove eravate tutti* (2001, Premio Mondello und Super Premio Vittorini), *Mandami tanta vita* (2013, Premio Salerno Libro d'Europa, Premio Fiesole Narrativa und Finalist des Premio Strega), sowie *Una storia quasi solo d'amore* (2016) und *Lontano dagli occhi* (2019) sind alle bei Feltrinelli erschienen. Viele seiner Bücher sind aus Gesprächen entstanden – u. a. mit Indro Montanelli, dem er den Band *Tutte le speranze* (2014, Premio Benedetto Croce) gewidmet hat, aber auch aus Begegnungen mit Antonio Debenedetti, Dacia Maraini, Raffaele La Capria, Nanni Moretti und Antonio Tabucchi, dessen *Viaggi e altri viaggi* (Feltrinelli, 2010) er redaktionell betreut hat. Darüber hinaus veröffentlichte er unter anderem *Ogni viaggio è un romanzo* (Laterza, 2007), die Kinderbücher *La mucca volante* (2014, Finalist Premio Strega Ragazze e Ragazzi) und *Giacomo il signor bambino* (2015, Premio Rodari) sowie das Theaterstück *Istruzioni per non morire in pace* (2015). Etliche seiner Werke wurden in verschiedene europäische Sprachen übersetzt. Er schreibt für *la Repubblica* und *L'Espresso*.

www.nonsoloverlag.de
info@nonsoloverlag.de

9 783947 767021